少年陰陽師

しょうねん　おんみょうじ

少年陰陽師 貳拾壹

幽幽玄情

思いやれども行くかたもなし

結城光流—著　涂愫芸—譯

重要人物介紹

藤原彰子
左大臣藤原道長家的大千金，擁有強大靈力。基於某些因素，半永久性地寄住在安倍家。

小怪
昌浩的最好搭檔，長相可愛，嘴巴卻很毒，態度也很高傲，面臨危機時便會展露出神將本色。

安倍昌浩
十四歲的菜鳥陰陽師，父親是安倍吉昌，母親是露樹，最討厭的話是「那個晴明的孫子」。

六合
十二神將之一的木將，個性沉默寡言。

紅蓮
十二神將的火將騰蛇，化身成小怪跟著昌浩。

爺爺(安倍晴明)
大陰陽師。會用離魂術回到二十多歲的模樣。

朱雀

十二神將之一的火將，使的是柔和的火焰。與天一是戀人。

天一

十二神將之一的土將，是絕世美女，朱雀暱稱她「天貴」。

勾陣

十二神將之一的土將，通天力量僅次於紅蓮，也是個兇將。

太陰

十二神將之一的風將，擅使龍捲風，個性和嘴巴都很好強。

玄武

十二神將之一的水將，個性沉著、冷靜，聲音高亢，外型像小孩子。

青龍

十二神將之一的木將，從很久以前就敵視紅蓮。他有另一個名字「宵藍」。

太裳

十二神將之一的土將，說話沉穩，氣質柔和。較少出現在人界。

白虎

十二神將之一的風將，外表精悍。很會教訓人，太陰最怕他。

風音

道反大神的愛女。以前她曾想殺了晴明，現在則竭盡全力幫助昌浩。

藤原行成

右大弁兼藏人頭，受皇上信賴。他是昌浩的加冠人，與成親是好友。

安倍成親

昌浩的大哥，陰陽寮的曆博士，有位人稱「竹取公主」的美麗妻子。

藤原敏次

陰陽生，在陰陽寮裡是昌浩的前輩，個性認真，做事嚴謹。

平安京地圖

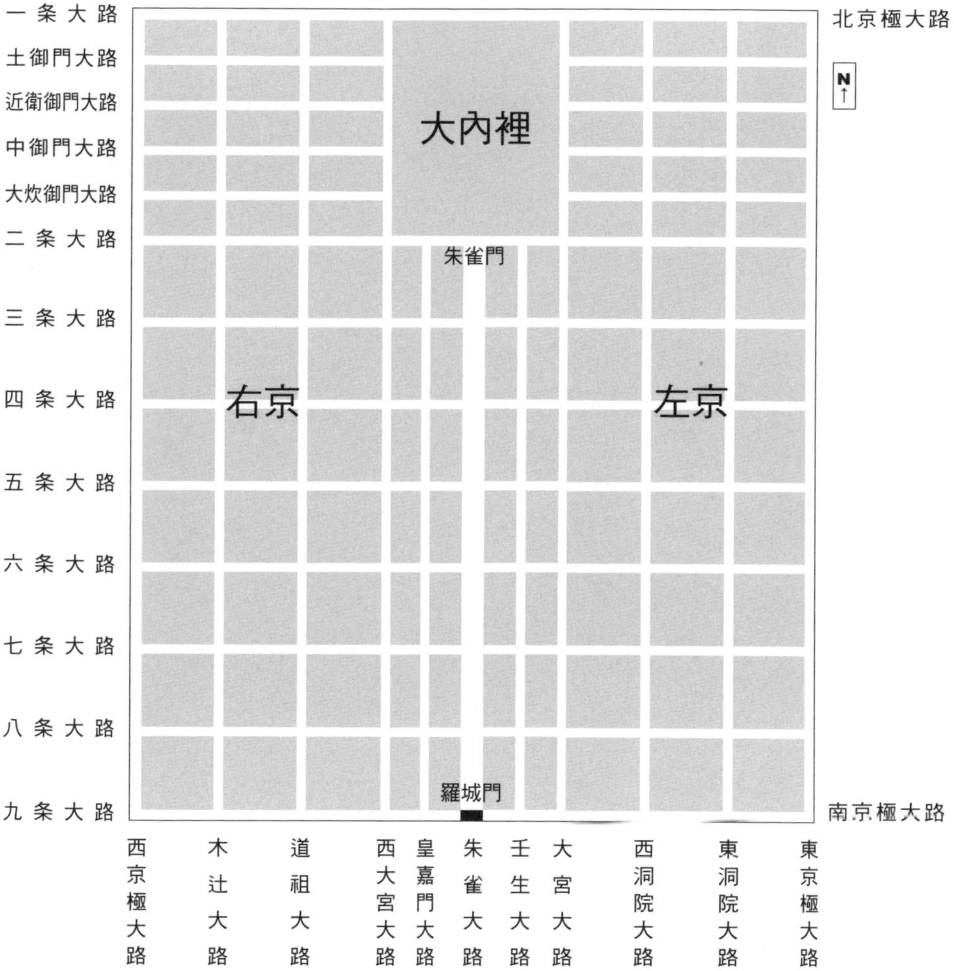
一条大路
土御門大路
近衛御門大路
中御門大路
大炊御門大路
二条大路
三条大路
四条大路
五条大路
六条大路
七条大路
八条大路
九条大路
北京極大路
南京極大路
N
大內裡
朱雀門
右京
左京
羅城門
西京極大路
木辻大路
道祖大路
西大宮大路
皇嘉門大路
朱雀大路
壬生大路
大宮大路
西洞院大路
東洞院大路
東京極大路

目錄

百鬼夜行蠢動之處

京城的夜晚萬籟俱寂。

「喂、喂，好久沒玩躲貓貓了，來玩吧！」

「好是好，可是，也可以玩木頭人或鬼抓人。」

「乾脆全部都玩，怎樣？」

「哦，好耶！」

無數隻小妖在巷子角落吱吱喳喳喧鬧著。

然而，京城的夜晚卻寂靜無聲。

因為一般人看不到它們，也聽不見它們的聲音。

有人有特異功能、靈視能力，可以看見它們，但是這種人不多。

所以，對一般的京城人們而言，夜晚是平靜的。

「嗯……？」

跟同伴們嬉戲玩耍的猿鬼，看到一個影子蹣跚地走在小巷另一頭。

很像是黃鼠狼，走得搖搖晃晃，好像隨時會倒下來。頭沉重地下垂，無精打采地往前走著。

猿鬼眨了眨眼睛。

「嗯～？」

「怎麼了？」

獨角鬼圓嘟嘟地滾到猿鬼腳邊，龍鬼和盲蛇也跟著走過來。

用細長的爪子抓著頭的猿鬼皺起了眉頭，圓圓的眼睛轉個不停。

「嗯，總覺得……」

就在這時候，黃鼠狼跳上路旁某戶人家的牆上，消失在牆內了。

猿鬼又眨了一下眼睛，龍鬼直盯著它看。

「怎麼了？」

「嗯……剛才有隻黃鼠狼……」

黃鼠狼的脖子上好像纏繞著什麼東西。

✶ ✶ ✶

身為參議的女婿，有忙不完的事。

因為只是個小小的三流貴族，所以若太引人注意就會被抨擊。但是，他還是得工作，還是得與人往來。

他必須在冥頑不靈的上流貴族裡，八面玲瓏地活動。

幸好他生性豁達、反應靈敏，人際關係經營得不錯，跟所有人都相處愉快。

「不過，還是常常覺得疲憊。」

曆博士安倍成親輕輕嘆口氣。右大弁藤原行成笑著說：

「原來成親兄也不善於應付在皇宮深處蠢動的百鬼夜行啊！」

聽到穿著輕便狩衣的行成這麼說，成親苦笑起來。

把那些人形容成百鬼夜行，還真傳神呢！

行成與成親有身分上的差距，但兩人年紀相仿，是無話不說的好朋友。

成親決定迎娶參議的女兒時，發生了很多事。是的，真的很多事。

高居國家中樞地位的特權階級貴族不多，大半都是冠藤原姓氏的人。成親現在還是冠安倍姓氏，但因為住在女方家裡，所以被歸類為藤原一族。

依然冠安倍姓氏，純粹只是因為他不喜歡成為大多數人的其中之一。而且，他以擁有安倍家的血緣為傲，覺得十分榮耀。

「政治有它黑暗的一面，不能太鬆懈，的確有點累人。」

滿臉苦笑的行成難得說出這種消極的話，成親「咦」地表示驚訝。

「怎麼了？行成兄。」

「沒什麼，只是突然有這種感慨，最近不知道為什麼都睡不好。」

可能是疲勞過度，反而睡不著，很糟糕。
說著說著，行成又嘆了一口氣。這時，一個女侍走進來。
「大人，敏次大人求見。」
行成笑逐顏開地說：
「帶他進來。」
女侍退下後，成親偏著頭說：
「敏次就是那個陰陽生？」
「是啊！」
成親笑著回應他。
「他還滿有前途的，努力又勤奮，有不少難得的美德。」
「很高興聽到你這麼說，不過……」
行成忽然眉頭深鎖。
他跟藤原敏次是親戚，看著敏次長大，向來把敏次當成年紀相差許多的弟弟。
「怎麼了？行成兄。」
「他跟你家的昌浩好像有點歧見……」
歧見的說法只是一種譬喻，聰明的成親聽得出他話中的意思。

這時候，敏次在女侍的帶領下進來了。可能是已經聽說成親來訪，他毫不驚慌，立刻機靈地彎下腰，鞠躬行禮。

「對不起，打攪你們了。」

聽得出來他是由衷感到抱歉。

成親笑著揮揮手說：

「一點都不打攪，我只是在跟行成兄閒話家常。」

敏次忽然抬起頭，滿臉驚訝地瞪大眼睛。成親疑惑地面對他的視線，稍後才恍然大悟地眨了一下眼睛。

「雖然以身分來說，不該只使用『兄』這樣的敬稱，可是太過謙卑的話，這個人會生氣啊！」

成親把扇子指向行成。行成板起臉說：

「就算說得再怎麼恭敬，光嘴巴說也沒有意義，不是嗎？」

「怎麼這麼說呢？我要聲明，我剛開始可是誠心誠意的恭敬。」

不過只限於剛開始。

聽著兩人對話的敏次直翻白眼。

「這、這……」

行成是他敬愛的親戚，也是他在藤原一族中最親近的人，而成親不滿三十歲就拿到曆博士，也是他非常尊敬的人。

只是他不知道他們兩人交情這麼好，說起話來絲毫不拘小節。

成親畢竟是參議女婿的身分，所以這種事並不值得驚訝，但敏次就是有種難以相信的感覺。

「各位，」成親適時地站起來說：「我該告辭了。」

從沉思中回過神來的敏次慌忙開口說：

「成親大人，請不用顧慮我，我可以改天再來拜訪……」

成親制止欠身而起的敏次，開朗地笑著說：

「不，我不是顧慮你，是這個時間差不多該回家了。」

說完再見，行禮致意後，成親就離開了。看著他的背影，敏次想起比自己小三歲的直丁。

那個直丁是成親的弟弟，也是安倍晴明的孫子。

沒有靈視能力的敏次經歷千辛萬苦學習，終於可以靠法術看到妖魔鬼怪的模樣。可是，有很多妖怪都不是一般人看得到的，所以，他知道自己看到的一定只是冰山一角。

成親和他弟弟昌親都繼承了名門安倍家濃厚的血緣，聽說有非常強烈的靈視能力。

但是，他們的弟弟昌浩，看不出來有那樣的能力。

不過，靈視能力與靈力是兩回事，就算看不見，只要靈力夠強大，也能收伏惡鬼或異形。

在這方面，昌浩還是有遺傳到。

「最近他都有按時出勤，只是常常自言自語或看著遠方，動作好像在驅逐什麼，精神也有點散漫，顯得心不在焉，那種工作態度……」

看著眉頭深鎖、口中唸唸有詞的敏次，行成困惑地嘆了口氣。

是昌親最先發現那個敏次跟小弟的關係似乎不太好。

經指點後，成親仔細觀察，果然發現敏次對昌浩確實有點嚴格。而且，聽說現在還算好多了，可見問題非常嚴重。

「沒辦法，那小子都是秘密行動。」

成親不喜歡搭牛車，比較喜歡用自己的腳穩穩踩著大地走路。

大門就在眼前了。成親居住的參議府邸，面積雖然遠不及東三条府，但也夠寬敞了。

環繞府邸的牆壁也比成親高，即使挺直背也看不見裡面。

不過，爬到牆上就另當別論了。

「對，就像那樣。」

無數隻小妖並排躺在圍牆的木板屋頂上。這些生活在黑暗中的小妖，竟然很沒常識地享受著日光浴。

以前住在安倍家時，圍牆都佈設了強韌的結界，小妖們從來沒有像這樣爬到牆上。基本上，它們都是無害的小妖，所以成親都不管它們，但偶爾也會想這樣是不是不太好。

「反正無害嘛！」

成親沿著小妖們排排躺著的牆，闊步走向大門。

侍從們看到他都鞠躬行禮，打開門迎接主人。

「主人回來了！」

「嗯，你們都辛苦了。」

成親揮揮手，鑽過大門。他向來沒什麼架子，侍從和雜役都很敬愛他。

響起嘎噠嘎噠的車輪聲，有輛牛車正從車庫駛向大門，應該是先前的訪客。

後頸部一陣寒慄，成親不由得把手伸過去。他瞥一眼從身旁經過的牛車，後方的簾子微微搖曳，稍微可以看到坐在裡面的人。

「那是……」

服。

✱ ✱ ✱

不擅長的事，再怎麼樣都不擅長，但是，丟著不管就不會進步，所以必須努力克服。

「即使不會有成果，有沒有努力過的事實還是很重要……」

昌浩握起拳頭，說得鏗鏘有力，小怪在他腳邊，半笑不笑地說：

「啊……呃……嗯……」

人不努力就完了，必須隨時保持向上心，並且懂得自制。

然而，是不是努力就會有結果呢？並不是這樣。

「我覺得只要花時間努力，一定會有結果啦！昌浩，你一直在努力，成果會比不努力好得多。」

「哥，你這麼說好像沒安慰到我呢！」

抬眼看著哥哥的昌浩，露出一張苦到不能再苦的苦瓜臉。

昌浩不擅長觀看星象，也不擅長占卜和製作曆表。那麼，他到底擅長些什麼呢？實在沒什麼項目可以讓他斬釘截鐵地說：「這個我行！」這樣當陰陽師好嗎？不好，當然不好。

「難道是我的頭腦不適合看星象、做占卜？」

「可能是吧！」

小怪很乾脆地回答煩惱不已的昌浩，咻咻甩著白色的長尾巴，偏頭望著遠方。

「你的個性是行動比思考還快，可是，這種個性會一再被晴明玩弄……」

「爺爺在玩他啊？」昌親眨了眨眼睛。

小怪轉向他，點點頭說：

「是啊，而且玩得很開心呢！因為晴明很喜歡看他的反應，晴明從很久以前就是這樣，老愛捉弄人。」

「原來如此。」

因為想到很多符合的片段，昌親坦然表示同意。畢竟，安倍晴明就是這麼一個趣聞不斷的人。

這時候，敏次從旁經過。

「啊，敏次，早。」

昌浩看到他，趕緊低頭致意。敏次也停下來說：

「啊，早，昌親大人也早。」

敏次今天比較晚出勤，直到現在過了中午才來。

昌浩不經意地看到他手上的包裹，疑惑地問：

「敏次，那是什麼？」

陳舊的麻布包看起來有點髒，動動手指就從裡面發出嘎沙嘎沙的聲音，可能是裡面還包了一層紙。

是麻布蓋住了從內部飄出來的邪氣。

敏次驚訝地張大了眼睛，他想昌親也就罷了，竟然連昌浩都發現了。

「這是昨天行成大人收到的……詛咒物。」

他憂心忡忡地說。

昌浩與昌親面面相覷。

是詛咒？

「他說他最近都睡不好，所以我昨天去拜訪並探望他……就在那時候，有人把這東西摻在其他東西裡面送來了。」

那是成親離開後不久的事，有人以行成部下的名義，送來裝滿絲織品的小匣子。

行成實在想不出對方送禮的理由，正抱頭苦思時，敏次感覺到邪氣，從最下面的絲織品底下翻出了詛咒物。

「是什麼？」

敏次看著昌浩，滿臉憂鬱地說：

「沾滿血的繩子。」

「什麼……」

昌浩下意識地往後退。雖然已經習慣這種惡意或怨念，還是覺得噁心。

在昌浩腳邊的小怪瞇起眼睛說：

「哇！噁心死了。行成那個男人也會跟人結仇啊？」

昌浩和昌親都瞥了咔哩卡哩猛搔頭的小怪一眼。他們的想法也跟小怪一樣，只是有敏次在，不方便回應。

然而，所謂政治，與人性之間有條清楚的界線，大有可能在他本人不自覺中製造出仇恨。

「行成大人年紀輕輕就爬到那樣的地位，難免有不肖之徒暗地裡扯他後腿，想害他失勢。」

緊緊抓住麻布包的敏次顯然正壓抑著憤怒。

不知道是人類的血，還是野獸的血。說不定，對方用染血的繩子做成固定衣服形狀用的內襯，神不知鬼不覺地織成了絲織衣物。布料是上等絲綢，看起來素淨大方，很有品味。可見下詛咒的人非常了解行成的喜好。

「幸虧有我在場，事情沒有擴大，我已經告訴行成大人，千萬要提高警覺。」

由於府邸已經碰觸到血的污穢，所以行成今天沒有進宮。

被麻布和多層符咒包住的繩子不但散發出邪氣，還會引來不好的東西。最好趕快進行淨化儀式，把繩子處理掉。

原本應該往上呈報，請陰陽寮長下指示。但是，行成希望不要把事情鬧大，所以敏次打算私下處理掉。

「沒想到會被你發現……」

如果是昌親，他還比較服氣，沒想到是昌浩先看到。

昌浩張開嘴，好像想說什麼，但只在嘴巴裡嘀咕了一下，沒說出來，可能是不知道該怎麼表達才好吧！

出聲說話的是昌浩腳邊的小怪。

「什麼想不到，這是非常、非常理所當然的事啊！這傢伙將來一定會、大概會成為當代最傑出的陰陽師呢！」

小怪得意地挺起胸膛，說的話卻沒什麼說服力。

「小怪，你是在稱讚我嗎？」

昌浩低頭瞥小怪一眼，把嗓門壓低到敏次聽不到的超小聲。
在旁邊看著他們你來我往的昌親暗自苦笑起來。
行成大人不想把事情鬧大的心情，昌浩可以理解，可是，只要有人下詛咒，就該往上呈報，這是陰陽寮的官員應盡的義務。
敏次從昌浩的態度看出他在想什麼，原本難看的臉色變得更難看了。
「你也這麼想？」
「是啊，還是應該往上呈報。」
小怪抬起頭，交互看著一應一和的敏次與昌浩，不高興地瞇起了眼睛。
跟敏次八字不合的小怪，純粹就是討厭敏次。
討厭他老是言過其實，討厭他太小看昌浩。
「我看到他自以為了不起的樣子，就很不服氣。他不過是年紀大一點，還被選為陰陽生榜首，可是，又沒有靈視能力，只能靠努力來彌補，孜孜不倦地用功讀書，昌浩幹嘛要討好這樣的人？我不懂！」
昌親看著咬牙切齒的小怪，心想就是因為他年紀大一點，因為他被選為陰陽生榜首，因為他日日夜夜地努力用功啊！
據昌親所知，敏次是個表裡一致、憨厚老實、有點頑固但品格高尚的人。昌浩是從內在來判斷一個人，所以只要對他的感覺不錯，就不會有問題了。

在小怪嘀嘀咕咕唸個不停時，陰陽生和直丁還是滿臉沉重地交頭接耳商議著。行成是替昌浩加冠的人，對昌浩照顧有加，所以，更讓昌浩擔心。

「知道是誰送來的嗎？」

「用的是假名，所以無從查起，家裡的總管也不記得每一個來使。」

昌浩又低聲嘟囔了幾句。

如果是祖父或父親，甚至身旁的哥哥，應該會派「式」帶路，找到下詛咒的人。跟對方關係愈深的東西愈有效，所以祖父應該會用這條染血的繩子來做「式」。他是曠世大陰陽師，這種事不過是雕蟲小技。

那麼，昌浩做不做得到呢？恐怕很難，他有太多不擅長的項目。

還需要很長一段時間，才能具備輕鬆自如操縱「式」的能力。

「……」

昌浩抬頭看著身旁的哥哥。

湊巧聽到所有來龍去脈的昌親是安倍家的優秀陰陽師。

敏次也一樣把視線轉向了他。

昌親困惑地微微一笑，偏著頭說：

「嗯，晚上再請教天文博士吧！」

天文博士的地位雖然不及陰陽寮長或陰陽助，但是，在陰陽寮還是首屈一指的重要職位。順便一提，他就是昌親與昌浩的父親吉昌。他們的父親也就是晴明的兒子，所以，應該也有私下把大事處理掉的遺傳。

當然，要是這麼跟他說，他一定會說他不想要這樣的遺傳。

趁工作空檔去見吉昌的昌浩和敏次，遇到了意想不到的人。

「大哥。」

聽到叫聲回過頭的成親，看到小弟和敏次一起來，露出驚訝的表情。

「真難得呢！」

成親省去了主詞，沒說什麼很難得，所以昌浩和敏次都不解地看著他。

「啊，沒什麼，與你們無關，不用放在心上。」

坐在昌浩肩上的小怪的臉臭到了極點，讓成親有點擔心，但他還是決定視而不見。

其實，成親和昌親都很怕小怪真正的身分——十二神將騰蛇，只是沒有表現出來而已。

成親轉向父親說：

「那麼，就先這樣。」

「嗯，知道了，就這樣吧！」

成親向兩人輕輕揮揮手，就回曆部了。

取代哥哥的位置坐下來的昌浩和敏次，發現自己好像打斷了什麼重要的談話，心想是不是來得不是時候。

「不是什麼重大的事，不用放在心上。說吧！什麼事？」

昌浩看看敏次，敏次這才拿出藏在袖子裡不讓人看見的麻布包，壓低嗓門說：

「是這樣的……」

這時候，有人衝進來找吉昌。

「博士，不好了！有通報說，右大弁大人收到了詛咒物……！」

「什麼？」

敏次和昌浩都看著手上的麻布包。

「是說這個嗎？」

「好像不是呢……」

兩人低聲交談時，來的官員向吉昌報告了詳情。

旁觀的小怪嗯地低吟，抬頭看看旁邊隱形的同袍。

「你覺得怎麼樣？」

《——》

沒有肯定的答覆，但可以感覺到對方的疑惑。

小怪甩甩白色的長尾巴，眯起了眼睛。對方好像等著看昌浩他們採取行動，這點讓小怪非常不爽。

當然，最讓它不爽的是敏次，但現在先不提這件事。

神將六合很清楚讓小怪不爽的原因是什麼，現身了一下，露出告誡同伴的眼神。

夕陽色的眼睛接收到那樣的眼神，沉默地聳聳肩，靜悄悄地從昌浩背後跳下來。昌浩只稍微轉動了一下脖子，因為有敏次在，他不能有更大的反應。

「敏次、昌浩。」

被叫到名字的兩人端正坐姿。

「你們都聽見了，快去陰陽博士那裡，請求指示。」

「是……」

除此之外，不知道該怎麼回答。

兩人一鞠躬告退，前往天文部。吉昌目送兩人離去之後，詢問不知道為什麼留下來的小怪。

「騰蛇大人，你怎麼了？」

「我不爽。」

沒有特別針對什麼，勉強來說，就是對整個狀況感到不爽。

行成被下了詛咒，而且是連續兩天。可見，下詛咒的人知道第一次的詛咒被人察覺了，所以又送來了詛咒物。

在貴族社會，這種事屢見不鮮，晴明和吉昌都接到過不少這種把詛咒反彈回去的委託案。

儘管只是這種雞毛蒜皮小事，小怪就是覺得不爽。

沒什麼道理，就是感覺。

小怪用前腳靈活地抓著頭。

「那些貴族什麼時候才可以不再彼此扯後腿呢？以前，晴明也常常因為這種騷動而被整得很慘。」

還好不關我的事，小怪這麼感嘆著，吉昌欲言又止地看著他。

小怪察覺他的神情不對，用夕陽色的眼睛盯著他說：

「總不會關我的事吧？」

「要是不關你的事就麻煩了。」

安倍晴明的次男困擾地笑了起來。

今天特別被免除陰陽寮工作的敏次，在黃昏時去了行成府邸。

在陰陽寮長的指示下，他帶著昌浩前去反彈詛咒。

途中，敏次抱著裝有必要法具的布包，神情顯得比平常緊張。昌浩與他相差半步跟在後頭，瞇起眼睛，瞄了右肩一眼。

全身白毛的小怪正抖動肩膀，慷慨激昂地抗議著。

「為什麼是你協助那小子?!聽著，昌浩，你雖然還是個半吊子，但將來一定、可能會成為優秀能幹的陰陽師，被那個只能靠努力往上爬、憨直、死腦筋、冥頑不靈、不知變通的敏次使喚，你不覺得生氣嗎？」

「是、是。」

小怪說的話愈來愈像雞蛋裡挑骨頭，昌浩聽聽就算了。不過，小怪的話雖然聽起來像在謾罵，但仔細思考，其實是在稱讚他。

夕陽色的眼睛因憤慨而閃閃發亮，很像精心琢磨過的珠子。茫然想著這些事的昌浩壓低聲音說：

「敏次是陰陽生，我是直丁，當然是我協助他啊！你也明白吧？小怪。」

陰陽寮長也很清楚敏次的實力，以前行成被下詛咒而病倒時，也是敏次發揮了努力的成果。

不過，也有敏次百思不解的事。

為什麼每次都是指定直丁昌浩呢？除了他之外，還有很多陰陽生啊！

敏次偏過頭，看昌浩一眼，皺起了眉頭，然後茅塞頓開。

對了，一定是陰陽寮長認為，昌浩不久就會成為陰陽生接受教育，又是名門安倍家的兒子，也需要鍛鍊鍛鍊精神，所以希望他除了雜務之外，有時也能到現場學習。原來如此，這麼想就釋懷了。

逕自點著頭的敏次回頭叫昌浩：

「昌浩！」

「是。」

敏次的視線比昌浩高，因為相差三歲，所以個子有差。他抬頭一看，敏次正繃起臉，嚴肅地看著他。

「會派我們去，應該是判斷這次的事沒那麼危險。陰陽寮長一定是希望，我們能趁這次機會好好學習。」

所以我們要全神貫注，努力讓聽到、看到的事，全都成為自己所擁有的東西。

向來很認真、從來沒有鬆懈過的敏次說得非常堅定。

昌浩眨眨眼睛，精神奕奕地點點頭。

「是，我會努力。」

「很好，走吧！」

走在挺直背脊的敏次身後，昌浩開心地笑了起來。

有段時期，他被敏次強烈抨擊，沮喪得身心俱疲，沒想到現在可以受到這樣的對待。

試圖挽回名譽的努力，終於開花結果了，他的腳步不由得輕盈起來。

肩上的小怪正好跟心情愉快的昌浩成反比，用後腳穩穩站立，全身氣得直發抖。

「你、你這個……臭小子！」把胸中空氣一舉吐光後，小怪齜牙咧嘴地說：「哪——輪——得——到——你——說——這——種——話！」

昌浩只好視而不見，反正敏次聽不到這樣的怒吼。

小怪已經氣到怒髮衝冠了。

「你不過是個無能的陰陽師，竟敢用你那張嘴，對安倍晴明……聽著，是安倍晴明哦！竟敢對安倍晴明的小孫子，也就是唯一的接班人昌浩，說那種不知天高地厚的話！我發誓我會永遠封住你那張嘴，你給我記住！」

右前腳狠狠指著敏次背部的小怪，在昌浩肩上蹬起右後腳。

「看我的延髓斬龍捲踢！」

然而，小怪躍起的一隻腳被昌浩一把抓住了。

「哇！」

被昌浩倒吊懸掛的小怪拳打腳踢地掙扎著，銳利的爪子撕裂空氣。

「放開我，昌浩，這是武士的精神，起碼讓我踢他一腳！我要給他一招下顎踢加必殺雷舞！不行的話，就直劈他頭頂！」

「是、是。」

誰是武士嘛！不，重點是，真那麼做的話，敏次就死定了。昌浩喃喃嘀咕著，縮起肩膀搖頭嘆氣。

小怪還是義憤填膺，被倒掛著拳打腳踢。

《——》

在一旁隱形的六合默默跟隨著他們，不便發表任何意見。

在曆部最裡面的曆博士座位，被等待確認與裁決的文件淹沒了。不只矮桌，連放在地上的硯台盒上都堆滿了文件和書籍。

專心振筆疾書的成親忽然停下筆，嘆了一口氣。

「不知道怎麼樣了……」

《你好像很煩惱呢！》

突如其來的聲音直接在耳中響起。

成親瞪大了眼睛，但很快就知道是怎麼回事，微微笑了起來。

「爺爺的千里眼還是那麼厲害。」

大概是因為這四、五十年來，常被捲入貴族社會的紛爭裡，所以一察覺有異狀，就會立刻放「式」去掌握情況吧！這一點真的很讓人佩服。

成親又開始工作，同時壓低嗓門說：

「我想爺爺應該也知道了……那件蠢事，是我岳父的親戚做的。」

成親的語氣沉重，眉頭深鎖。

「可能的話，我也想私下解決這件事，可是既然公開了，就不能這麼做了。如果遭報復而失勢，也是那個親戚自作自受，只怕會連累到我們家，而且……」

成親瞥一眼南方天空。

那是右大弁藤原行成的府邸。

「我很喜歡行成兄，他有很高的身分地位，卻沒有半點架子，而且有實力、有能力……傷害我這麼重要的朋友，也有點把我惹毛了。」
說起話來還是跟平常一樣灑脫，聲音卻帶點冰冷。
《……》
隱形的神將微微一笑。
心想儘管有點差別，但這個男人終究還是安倍晴明的孫子。
這次行成府邸收到的詛咒物是甕，裡面裝著被刺死的小蛇屍體。還有一張紙在蛇體上，連同蛇體被刺穿，紙上工整地寫著一個「怨」字，蛇體歪七扭八地捲在甕底。
打開皮蓋的女侍，一往裡面看就昏倒了。是嚇得直發抖的雜役浩大嘎噠嘎噠顫抖著把甕搬進了南庭。中途差點掉下來，害躲在遠處看的傭人們都驚聲尖叫。
「可以等我們來再處理啊！」
聽到敏次這麼說，還心有餘悸的女侍相模無力地點了點頭。
「浩大，你還好吧？」
昌浩關心地問。浩大臉色蒼白地搖搖頭說：
「一直覺得好冷……」
「啊，等一下。」

把手按在浩大背上的昌浩低聲唸著咒語，然後在他背上敲了兩下。

浩大瞬間變得神清氣爽，鬆了口氣，向昌浩致謝後，又回去工作了。

敏次看得目瞪口呆，感嘆不已。

「是晴明教你的？」

正看著甕的昌浩抬起了頭。

「咦？啊，是的，爺爺會適時地教我……」

——昌浩，你怎麼連這種事都不能輕鬆完成呢！爺爺的努力都白費了、白費了，你還差得太遠了。 By晴明

「他的確在很多方面都很關心我，可是，該怎麼說呢……？」

昌浩的語調愈來愈低沉、粗暴，敏次訝異地看著他，然後自言自語地說原來如此，又自顧自地點了點頭。

「真不愧是晴明……因為你的靈視能力不夠突出，所以他就花很長的時間，一點一點地引導你。」

昌浩不禁盯著敏次看。

「靈視能力？」

「你的靈視能力沒那麼好吧？大家都說，你雖然看得到妖怪、神仙，但沒有晴明大

人或成親大人那麼強。」
就當作是這樣吧！
敏次沒發現昌浩不知該如何回應的窘樣，又環抱雙臂說：
「而且，靈視力與靈力不一定成正比，博士和陰陽寮長都說，撇開靈視能力不談，昌浩的直覺算是不錯，所以，我想只要你不急躁，好好努力，終有一天會成為出色的陰陽師。」
他所說的博士是陰陽博士。
昌浩老實地點點頭說：
「我會努力。」
「嗯，有心最重要。」
敏次又轉向了甕。
昌浩看著他的背影，心中百感交集。
昌浩年輕時就擁有強大能力與法術的晴明，直到很大歲數才開始飛黃騰達。現在，昌浩似乎可以切身感受到其中原因了。
家人、敬愛的行成、陰陽寮長、陰陽助、陰陽博士等，都期待著敏次的努力成果，所以，為了不辜負他們的期望，敏次非常努力。

就是因為有這麼苦幹實幹的人，政事才能順利推動。

「……」

昌浩覺得，自己不飛黃騰達也沒關係，只要能協助敏次這樣的人就行了。

不過……

昌浩抬頭看著檜木皮鋪成的屋頂。

現身的六合站在屋頂上，單手抓著小怪。

「放開我！我叫你放開我啊！」

「昌浩說不能放開你。」

小怪狠狠瞪著語帶嘆息的六合說：

「你到底站在哪一邊？」

沉默的六合很想說，站在哪邊不重要吧？但是小怪正在氣頭上，說出來恐怕會火上加油，所以他沒說出口。

說起來，小怪根本沒道理氣成這樣，只是雞蛋裡挑骨頭，存心刁難敏次。

六合又嘆口氣，平靜地看著小怪說：

「騰蛇，你有點分寸……」

說到一半，六合眨了眨眼睛。

小怪也突然停止掙扎，小心翼翼地觀察四周。

「放我下來——」

嚴厲的聲音跟剛才截然不同，六合沉默地放它下來。悄悄跳落屋頂的小怪，夕陽色的眼中閃爍著犀利的光芒，環視整座府邸，再看看自己前腳一帶。

六合也幾乎跟小怪在同一時間察覺了。

兩人翩然降落在昌浩身旁。

昌浩感覺到兩人的氣息，只把視線轉向他們。敏次就在他前面，正準備反彈詛咒。這種程度的詛咒，像晴明那麼老練的陰陽師，輕而易舉就反彈回去了。詛咒中的確帶著怨念，但是下詛咒的術士的能力還不夠。

怨念的色彩，跟注入染血繩子裡的意念一樣。可見，連日下詛咒的人，應該是同一個人。

手上纏繞著念珠的敏次把甕放入結界裡，鬆了一口氣。

「只有這種程度，應該還不至於對行成大人造成傷害。」

他拿出事先準備好的人偶，正要把手伸向甕時，忽然停了下來。

昌浩的反應又比敏次快了一拍。小怪他們還來不及開口，昌浩就赫然轉身，衝向了

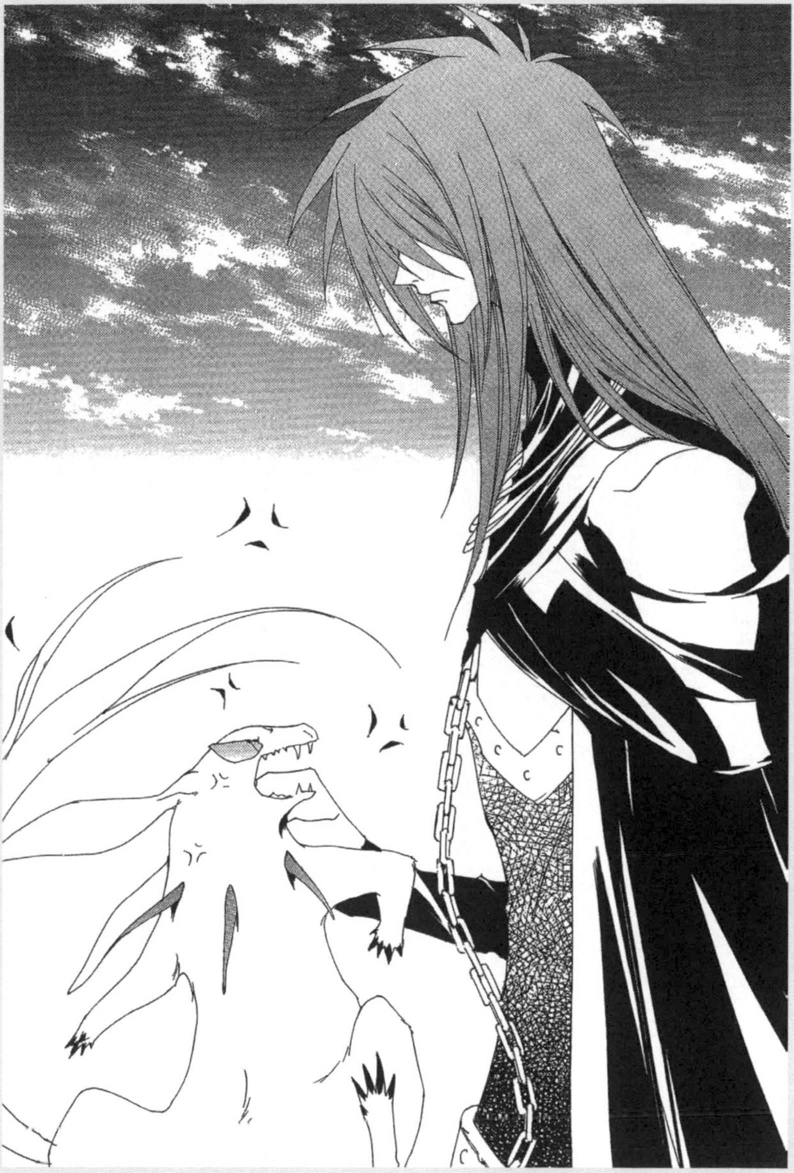

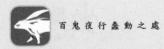

主屋的樓梯。

建築物的地基有四角形的通風口，一直延伸到地板。

有股怨念從地板下，透過通風口的格子窗飄散出來。

就在敏次要反彈詛咒的那一剎那，原本靜止的某種東西動了起來。

「到底是什麼……」

光線照不到地板下，所以再怎麼仔細看也看不清楚。想鑽進樓梯下面，又怕烏紗帽會阻礙行動。

這種時候，烏紗帽只會礙手礙腳，很想摘下來，可是有敏次在，昌浩只能克制自己，因為怕被敏次說「衣亂則心亂」。

有某個白色物體在光線照不到的地板下蠢動著，怨念就是來自那裡。

「昌浩，有什麼東西嗎？」

「是的，可是不知道是什麼……」

敏次在昌浩旁邊蹲下來，懊惱又咬牙切齒地說：

「可惡……！會不會是什麼人把詛咒物放在那裡？」

這麼想，就可以解釋為什麼會突然出現這股怨念。

對方的術士是企圖以量取勝。

敏次看看被封在結界內的甕，再看看格子窗裡面。

甕暫時沒有問題了，現在必須先鎮壓那股怨念的根源。可是，要怎麼做呢？工作時穿的直衣有點難行動，戴著成年男子一定要戴的烏紗帽也很難鑽進狹窄的地方。

生性耿直的敏次，真的很煩惱。

「這是為了行成大人……！可是……」

敏次的表情就像世界末日到了，肩膀不停地顫抖。

昌浩低聲對他說：「敏次大人，我來吧！」

「你嗎？昌浩，可是……」

「沒關係，我個子比你小，應該比較好鑽。」

敏次有些猶豫，皺起眉頭，最後無可奈何地點了點頭。

為了行動方便，昌浩把袖子捲起來，不假思索地摘下烏紗帽，順便解開了髮髻。他把用手梳理過的頭髮草率地在脖子一帶紮起來後，就連同外框把固定在通風口的格子窗拆掉了。

被啪地拆下格子窗的通風口，比想像中大很多。

「那麼，我進去了。」

昌浩趴著爬進地板下時，小怪也跟著進去了。他偏頭往後看，看到六合單角蹲跪在憂心忡忡的敏次身旁待命。

這幾天的天氣不錯，所以地板下面比較乾燥。從通風口照進來的光線，沒有照到必要的地方。

又不能拿火把進來地板下，昌浩只好悄悄問：「小怪，那會是什麼呢？」

小怪知道敏次看不見自己，還是平常那種調調說：

「詛咒物……不，不對，那是……」

忽然皺起眉頭的小怪瞬間倒抽一口氣，叼住昌浩肩膀，硬是把昌浩扳倒。

「哇?!」

「快趴下！」

就在昌浩照指示抱住頭時，不明物體以風馳電掣的速度衝過地板與他的頭頂之間。

同時，強烈的咆哮聲扎刺耳朵

昌浩脫口大喊：

「敏次大人，快閃開！」

蹲在通風口前的敏次反射性地移動身體，但還是來不及反應，慢了半拍。

齜牙咧嘴的不明物體，往敏次衝過去了。

回頭看的昌浩忘了自己在地板下，想要站起來，一頭撞上地板，頓時眼冒金星。

「好痛好痛……」

昌浩蹲下來抱住頭，小怪冷眼看著他說：「笨蛋……」

眼底金星都還沒散去，昌浩就強忍著痛張開了眼睛。

「敏、敏次大人呢……？」

不知道為什麼，敏次仰躺在四角形的通風口前，而原本蹲跪在旁邊的六合，正用靈布對付著野獸模樣的妖怪。

可能是在千鈞一髮之際，六合把敏次扳倒了。敏次不知道自己怎麼會倒下來，正疑惑地環視周遭。

昌浩呼地鬆了一口氣。

「太好了。」

小怪的白色尾巴啪唏啪唏拍打著昌浩放鬆後的手臂。

「喂，昌浩，你看。」

「咦？」

昌浩依指示望過去，看到地上有動物的骨頭——是四隻腳，身體比小怪還小的動物。化成白骨的脖子上纏繞著細繩般的東西。

昌浩把手靠過去，並沒有感覺到什麼。

「小心點。」

「嗯，沒關係。」

把細繩拆下來仔細一看，是用紙搓成的。

昌浩有不祥的預感。

「這是……」

這時候，傳來熟悉的聲音。

「敏次，你沒事吧？」

昌浩倒抽了一口氣。

通風口前的敏次大驚失色。

「行成大人，您不可以出來！」

妖怪的咆哮聲震耳欲聾，單腳蹲跪的六合將視線投向昌浩。

緊抓著紙張從洞裡爬過來的昌浩，抓著通風口邊緣往外看。

敏次叉開雙腿站立，掩護已經走到樓梯中間的行成，眼睛直盯著齜牙咧嘴就要衝過來的妖怪。

「小怪！」

被尖銳的聲音叫喚，小怪啐地咂咂舌，不得不行動。

跳到敏次前面的小怪，全身釋放出威嚇的鬥氣。

「——！」

妖怪聽到兇狠的咆哮聲，瞬間有些畏縮。敏次立刻乘機結印，唸誦咒文。

「邪靈啊，邪靈啊，快回去吧！回到你原來的地方！」

敏次的靈力伴隨著具體能量襲向妖怪，接著他從懷裡抽出紙做的人偶，舉到臉前面。

「在此急速封鎖一切，連同邪念返回原處！」

咻地拋出去的紙偶，被妖怪吸入體內。

痛苦掙扎的妖怪轉身飛向高空，失去了蹤影。

確定氣息完全消失後，敏次才鬆懈下來，像要吐光胸中的空氣似的喘口大氣，然後慢慢轉過身去，怒目看著行成。

「行成大人，您為什麼出來?!反彈詛咒必須謹慎、快速，您卻……」

敏次氣得說不出話來，握起拳頭顫抖著。穿著狩衣的行成滿臉歉意地拍拍他的肩膀。

「啊！真的很抱歉，可是，我想到你們會不會發生了什麼事，身體就不由自主地動了起來……」

這時，昌浩從樓梯下面爬出來，他也看了昌浩一眼，又笑著說：

「如果你們為我受了傷，我怎麼對得起你們呢？」

「您在說什麼啊！行成大人，您是很重要的人，萬一發生什麼事，也會影響到政治！您知不知道我們是為了什麼被派到這裡來？就是為了保護您啊！幸虧我的法術成功了，但是，失敗的可能性也不是沒有，如果失敗了……」

敏次激動得再也說不下去了，小怪直盯著他的背部，嘴巴唸唸有詞：

「放心吧！失敗了也有我跟六合，還有昌浩。」

小怪咻咻甩動尾巴，頗不以為然。

昌浩若無其事地往小怪身邊移動，用鞋尖戳它的尾巴。

夕陽色的眼睛明顯表示不滿，但昌浩不理它，只悄悄點了點頭。

看看手上的紙張，昌浩發現那是符咒。那麼，被符咒纏繞的白骨是……？

工作結束後，成親走向跟回家時不同的路。

他要去的是昨天與他擦身而過的親戚的家。

向來走路進宮的他，沒有帶任何隨從，悠閒地往前走。

快要過黃昏時刻了。

「不知道昌浩他們怎麼樣了。」

《你很擔心嗎？》

「嗯，敏次有一定的水準，昌浩算是一流，還有騰蛇、六合跟著，應該不用擔心，可是……」

身為哥哥，還是會擔心，這是無可厚非的事。他特別疼愛這個年紀有段差距的弟弟，而且他怕行成會擔心，所以也很在乎敏次的安危。

「他們兩人好像不太合得來，有點歧見，感情不是很好，不過幾乎是一方造成的。」

成親抬高視線。

要去的府邸，已經可以看見延伸到大門的圍牆。

忽然，從天空中飛來透明的物體，被吸入了府邸內。

他的眼神變得嚴厲。

「果然是——」

成親不顧雜役的阻擋，硬是闖入府邸，就看到一個年輕人蹲在地上，全身嘎噠嘎噠發抖，這個人就是岳父的遠親。

「喂，術士呢？」

成親著急地問，那個人連聲音都發不出來，只把顫抖的手指向屋內。

這時候，從那裡傳來悽慘的叫聲和震耳欲聾的野獸咆哮聲。

臉色沉重的成親看那邊一眼，立刻衝了出去。

「要是有什麼萬一就拜託你了。」

《我知道。》

一踏入最裡面的西對屋，就看到一個男人被白色妖怪攻擊得痛苦掙扎，身上穿的水甘①已經破破爛爛，過肩的長髮也凌亂不堪。

站在木拉門處的成親不耐煩地嘆口氣說：

「你放出的『式』，連你自己都控制不了，才會搞成這樣。」

咆哮聲震天價響，被反彈回來的詛咒，會殺了術士。

成親從懷裡抽出了符咒。

如果丟下他不管，讓他這樣死去，會良心不安，而且也會影響到委託他下詛咒的那個年輕人。

「無能、只是家世好的貴族子弟就是這樣，老是怪罪他人。自己沒辦法往上爬，又不是行成大人的錯。」

妖怪露出長長的獠牙，把目標從術士轉向歪嘴訕笑的成親，飛撲過來。

風壓打在臉上，但成親文風不動。

就在妖怪的爪子逼近眼前時，突如其來的無形牆壁把妖怪彈飛出去。

啪唏一聲被彈出去的妖怪察覺形勢不對，就衝破板窗逃走了。

怪物飛走後，成親看著昏過去的術士，嘆了一口氣。

「真是的，還要幫你收拾殘局。」

然後，他對著沒有人的空間微微一笑說：

「做得好，太裳。」

《哪裡。》

隱形的神將是安倍晴明的式神。晴明察知了這種狀況，為了預防萬一，特地派他來支援。

成親是安倍家的陰陽師，實力有一定的評價。進陰陽寮沒多久後，就加入了曆部，據說，當時的陰陽部懊惱得直跺腳。

昏過去的男人，應該是民間陰陽師。有個愚蠢的貴族認為自己的實力沒有獲得正當評價，是因為行成太過醒目，因此引發了這次的事件。

昨天這個貴族從宮殿離開時，全身纏繞著負面的氣。成親覺得事有蹊蹺，向岳父和父親詢問這個人，並放「式」監視他的行動。
「沒想到做得這麼草率，明明就有更好的術士。」
不過，如果他找來更好的術士協助他，事情恐怕就更難處理了。
《對了……》
「嗯？」成親轉過頭。
太裳很客氣地說：
《剛才的式到哪裡去了呢？被擊退後一定火冒三丈吧！總不會去了……》
成親知道太裳要說什麼，「啊」地叫了一聲。

清除被封在甕裡的詛咒邪氣後，敏次先回陰陽寮報告這個事件的始末。
昌浩也想同行，但被敏次攔住了。
「你打算頂著那樣的頭進宮嗎？」
被他這麼一說，昌浩不由得伸手摸頭。因為解開了髮髻，所以不只稍微，簡直是沒規矩到了極點。
「放心吧！我去報告就行了。而且，你今天是準時出勤吧？這個時間也該收工回家了。」

昌浩覺得敏次這麼說也有道理，就恭敬不如從命了。

「那麼，我先告辭了。」

深深一鞠躬道別後，走在回家路上時，心情一直很不好的小怪還是臭著臉不發一語，昌浩關心地問：「小怪，你怎麼了？」

昌浩停下了腳步。小怪瞥他一眼，不停用後腳抓著脖子一帶，顯示它的心情有多麼糟糕。

「剛才的符咒呢？」

「在這裡，你看……啊……」昌浩抽出自己下意識塞進懷裡的符咒，才猛然驚覺一件事，目瞪口呆地說：「忘了向敏次大人報告……」

「我要說的不是這個。」

「那是什麼？」

小怪正要回答，就從遠處傳來了野獸的咆哮聲。

昌浩和小怪同時轉過頭去。

一隻瘋狂的妖怪，滑翔般飛過逐漸轉成深藍色的天空。

昌浩緊張地瞪著那隻妖怪。

「樣子好像跟剛才不太一樣。」

「很像是失控了，難道是術士死了？」
忽然，有什麼人在他們身旁降落。
《術士沒死，只是能力不足，沒辦法操控用野獸做成的「式」。》
小怪豎起了耳朵。
「是太裳？喂，等等，你怎麼知道？」
《我只是替成親傳話給昌浩……抱歉，就只是這樣。》
「什麼嘛！」
《他說有必要的話，稍後他可以來做說明。那麼，我先走了。》
神將的神氣跟剛才降落時一樣，轉眼就消失了。
小怪一肚子火，舉起前腳說：
「明明就是把所有麻煩事都推給了我們！」
「應該不會吧……總之，如果丟下那個妖怪不管，會發生大災難。」
昌浩緊緊握住手中的符咒，這張符咒恐怕就是妖怪的目標。
那隻妖怪是被術士下詛咒做成「式」的野獸的死屍。為了讓它成為自己的「式」，術士用血畫成符咒作為鎖鏈，綁住它的靈魂，把它變成了妖怪。生命被邪念浸染的野獸如果沒有受到控制，就會隨便攻擊人，用尖銳的獠牙扯碎人們的喉嚨。

妖怪知道這張符咒是束縛自己的最後枷鎖，所以非奪走不可。

「最好盡快採取行動。」

必須在天色還沒有完全暗下來之前解決它。

「小怪，把這張符咒燒了。」

「你不是要向敏次報告？」

「現在情況不一樣了，就當作沒看過這張符咒吧！」

「你還真是晴明的孫子呢……」

「你不過是隻怪物，不要叫我孫子！」

「不要叫我怪物！」

照例吵完一遍後，六合就像算好時間似的現身了。不知道是不是多心，昌浩覺得他的表情看起來有點無奈。

小怪抱怨幾句後，眨個眼就變回了神將紅蓮的原貌。

從昌浩手中接過來的符咒，轉瞬間就被召喚來的火焰燒成了灰。

「野獸的死屍，不要到處亂跑嘛！」

紅蓮把手一揮，往上攀爬的火蛇就大大扭擺身軀衝過去，纏住了妖怪。只有靈魂沒有實體的妖怪雖然被困住了，卻沒有燒起來。

「六合，沒關係，你退下。」

昌浩制止拿起銀槍備戰的六合，自己結起手印。

「嗡阿比拉嗚坎夏拉庫坦！」

真言的咒力，使垂死掙扎的妖怪變得僵硬。

「南無馬庫桑曼答巴沙啦旦坎！」

第二句真言使妖怪全身產生無數龜裂。

昌浩結起刀印，用力往上舉，再狠狠往下揮。

「降伏！」

妖怪的軀體跟火蛇同時碎裂，向四處飛散。

確定氣息完全消失後，昌浩才鬆了一口氣。這時，他聽到拍振翅膀的聲音，他猛然抬頭往上看，六合與紅蓮也跟著往上看。

「是晴明啊……」

紅蓮喃喃說著時，一隻白鳥在他眼前翩然飛落，變成了紙片。

昌浩抓住飄落的紙片，眼睛很快掃過上面的漂亮字體。

「……！」

「昌浩？」

一如往常把紙揉成一團的昌浩，將那團紙塞給了疑惑的紅蓮。

「紅蓮，用地獄業火把這團紙狠狠地燒了！」

紅蓮眨眨眼睛，為難地說：「可是……把式文燒了，不好吧？」

在他旁邊的六合也默默點著頭。

「哇，可惡！」握緊紙片的昌浩大叫：「等著瞧，臭爺爺——！」

幾天後，成親拜訪行成府邸。

行成齋戒淨身，完全除去污穢後，成親就立刻來拜訪他了。

「聽說因為敏次和昌浩來處理過，所以事情沒有鬧大。」

成親坐在廂房的坐墊上，雙臂環抱胸前。行成靠著憑几坐在他前面，也點頭笑著。

「是啊！多虧他們了。這次敏次又救了我，還把我罵了一頓。」

「他還真大膽呢！」成親感嘆地說。

行成笑得更開心了，驕傲地說：

「那小子就是這樣，從來不講情面，秉性耿直。」

甚至有點太過清廉了，不適合進入爾虞我詐、勾心鬥角的政治中樞。

成親也帶點苦笑地說：

「沒錯，我家那個小弟也是，看來我們都要為這種事煩惱一輩子。」

「就是啊！」

行成這麼回應後，成親若無其事地向他報告：

「下詛咒的人，我已經私下處理好了。」

行成的眼皮抖動了一下，但成親面不改色。

「他說他不會再犯了，所以，我希望你不要再追究了。」

「這樣啊……那麼，下詛咒的人果然是……啊，算了，跟陰陽師作對沒什麼好處，更何況你還是箇中好手。」

聽到行成這麼感嘆的話，成親還是保持沉默，只是淡淡一笑。

然後，他鬆開環抱的雙臂，從容不迫地說：「而且，我還是安倍晴明的孫子。」

兩人視線交會。

沒多久，再也忍不住似的，兩人噗哧笑出聲來。

笑了好一會後，行成忽然想起什麼似的說：「啊，對了，關於敏次和昌浩……」

「怎麼了？」

表情從政治家變成監護人的行成好像很開心，眼神柔和了許多。

「他們原本有點歧見，但現在情況似乎好很多了，前幾天敏次來看我時，對我說了一些話。」

——昌浩最近工作很認真，好像洗心革面了。如果一開始就這樣，我也不會對他說那麼嚴厲的話。

「哦？」

那真是太好了。

成親也不希望心愛的弟弟在工作場所整天提心吊膽。

雖然多少會覺得不平、不滿，但是，如果努力可以改善那種狀況，還是該不惜一切去努力。

不過，歧見恐怕不會馬上就消失，還要看昌浩今後的表現。

「對付在宮殿裡蠢動的百鬼夜行，都要靠昌浩他們，雖然辛苦，還是要請他們繼續努力。」

成親說得好像事不關己。行成困惑地說：

「你的意思是與你無關？」

「我管我家的事都來不及了，百鬼就儘可能交給年輕人去對付吧！而且……」成親說：「昌浩是安倍晴明的接班人，雖然讓他一個人背負起所有責任，可能有些嚴苛，但是有敏次那樣的人協助，應該不會太辛苦吧！」

表現得滿不在乎、對行成說得斬釘截鐵的成親，其實心中還有重大牽掛。
他必須回安倍家一趟，把事情的來龍去脈說清楚。
這件事很糟糕，令人煩惱。
「騰蛇一定很生氣……」
因為一不小心，變成把所有事都推給了昌浩。
要怎麼解釋，才能和平解決這件事呢？成親邊思考，邊緩緩走在回安倍家的路上。

小怪的陰陽講座

①水甘是日本平安時代中期到鎌倉時代的人所穿的一種狩衣名稱。

幽幽玄情

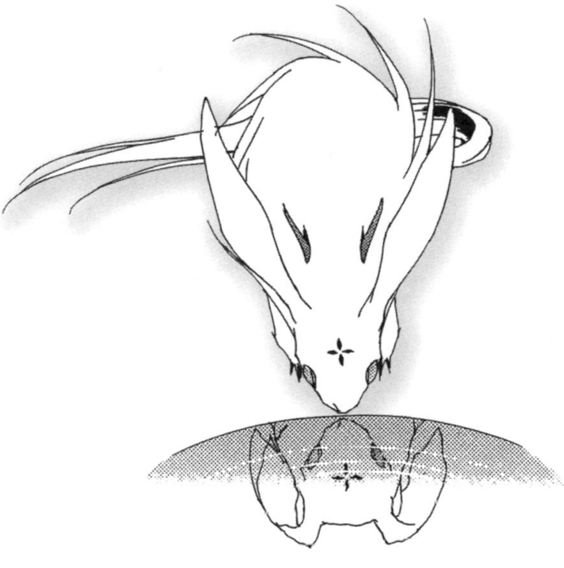

請救救她。
請救救她。
救救她——

✦ ✦ ✦

棕色頭髮被風吹得高高飛揚。

「呃，是這一帶吧？」

玄武用力點點頭，回應同袍的確認。

「沒錯，就是這一帶……太陰，可能就是那裡。」

他的手指所指的地方，有片鋪著檜木皮的屋頂。

那是中級貴族的府邸，以主屋為中心，有兩間對屋，倉庫與對屋並排而立。

風將太陰操控的風搖晃得很厲害，所以玄武每次搭乘都有點心驚膽戰。沒想到，今天的風比預料中平穩許多。不過，這只是跟她平常的風相比，同樣是風將的白虎所操控的風，還是比她平穩多了。

「真難得呢！如果平常的風也都這麼柔和，就沒人會抱怨了。」

看到玄武讚歎的表情，太陰嘟起嘴說：

「昨晚被白虎唸了一頓，因為不久前我差點把屋頂吹走了……」

白虎在異界跟她促膝長談，整整訓了她三個時辰。

大概是想起了這件事，太陰皺起眉頭，露出完全不適合孩童外貌的沉重表情，甩甩頭說：

「我也有在反省啊！」

「那就繼續維持這樣的風吧！不然把房子吹毀了，晴明他們也很困擾。」

神將們可以回到異界，沒什麼問題，可是人類需要居住的地方。

「你很囉唆耶！玄武，不要說了！」

「被戳到痛處，就會反射性地攻擊對方，這就是妳的缺點，太陰。」

因為聽過白虎說這句話讓太陰閉上了嘴，所以玄武也試著說同樣的話，沒想到效果這麼好。

太陰沉默下來，一張臉苦到不能再苦了。

偶爾要讓她打從心底好好反省，不然這個同袍很快就會重蹈覆轍。能逼她反省的，只有同樣是金將的白虎。太陰就是對白虎沒轍，不管她怎麼反駁、怎麼反抗，白虎都處之泰然，就是那種氣勢鎮住了她。連騰蛇和天空都做不到，而自己根本是任她擺佈。

這種感覺多少讓玄武有點生氣。十二神將的外表所顯示的年齡沒有什麼意義，但是，只有玄武和太陰是孩童外貌，所以比較有機會在一起行動，受到牽連的可能性自然也比較多。

玄武環視周遭，用眼睛確認有沒有異狀，並集中精神去感應。看能不能感應到妖氣或什麼意念，如果沒有，就看有沒有什麼殘渣。有的話，表示晴明的「占夢」真的很靈驗。

「到底有什麼東西呢？」

太陰重新振作起來，東張西望地觀察四周，表情充滿了疑惑。似乎沒有什麼東西特別牽動她的戒心或直覺。

玄武露出與外貌不符的凝重表情，搖搖頭說：

「我也不是很清楚，只知道若占卜沒錯的話，應該就是這座府邸……」

說到這裡，玄武看了看府邸。

好像有什麼東西窺視著他們。

感覺不到妖氣，也感覺不到人氣。

玄武沒有助跑，就跳上了看起來冷冷清清沒有人的對屋外廊。

靜悄悄落地後，玄武單腳著地蹲下，探查四周的氣息。

「好像不是什麼妖魔鬼怪……」

玄武低聲說著，在他視野角落的太陰突然「啊」地叫了一聲。

轉頭尾隨她的視線望過去，只看到隔開外廊與廂房的簾子前，有個動也不動的人影。

「有人在？」玄武訝異地吁口氣說：「嚇我一跳，我還以為是人偶，沒想到是活生生的人。」

全身纏繞著風的太陰飛過來，在簾子前飄浮。簾子被她的風微微吹起，從縫隙間可以看到佇立在廂房裡的身影。

是個孩子，穿著色彩樸素的童裝，頭髮齊肩，看起來天真爛漫。潤澤的黑眼睛十分清澈，卻只盯著一點，轉也不轉。

玄武和太陰都隱形了，一般人看不見他們。

乍看之下，女孩的年紀應該比玄武小，跟太陰差不多，也就是五、六歲吧！

忽然，她偏著頭。

腳唰地往前滑動，向前伸的手摸著簾子，慢慢走到外廊上。

步伐看起來有點蹣跚，玄武不由得替她捏了把冷汗。

太陰似乎也察覺到了。

「喂，玄武，這孩子總不會是……」

聽到飄浮在半空中的太陰這麼說，玄武下意識地抬頭看著她。

就在這時候，女孩的手碰觸到他的臉。

玄武驚訝地拉回視線。

「什麼……?!」

女孩像在確認什麼般，撫摸著目瞪口呆的玄武的鼻子、嘴巴，然後偏頭思索。這出乎意料的狀況，把玄武嚇得心跳差點停止。

摸完全身僵硬的玄武的臉後，少女又把手沿著脖子移向肩膀。

呆呆看著這一幕的太陰猛然回過神來，說：

「玄、玄武，怎麼辦？」

「我怎麼知道……?!」

少女清澈的眼眸盯著極少方寸大亂的玄武，眨了一下。

「玄武……？」

像鈴鐺般的聲音疑惑地唸著這個名字。但是，眼眸轉也不轉，只注視著某一點。

女孩近在咫尺的眼眸，好像看著玄武，又好像沒在看。焦點不集中，只是望著玄武的方向而已。

她是個瞎子，卻聽得到隱形的神將的聲音，也摸得到他們的身體。要有相當的通靈能力，才能做到這樣。

百思不解的少女好像想通了什麼，臉上綻開笑容說：

「你是水神的使者嗎？」

晴明把太陰和玄武找來，是在過了午時之後。

跟平常一樣，昌浩去工作了，小怪和六合也跟著他走了。

度過生命危機的晴明，已經復元到當時無法想像的程度。

「但是，過勞還是一大禁忌喲！晴明。不管復元得多好，都改變不了你年歲已高的事實。」

玄武鄭重地叮嚀晴明。晴明也鄭重地點點頭說：

「嗯，我會謹記在心。」

在一旁聽他們對話的天一用袖子遮住臉，強忍住竊笑。

晴明眼中的笑意，完全背叛了他的嘴巴。

那種狡猾的模樣，也是一種康復的徵兆，天一打從心底為他高興。

「你要我們做什麼？晴明。」

太陰偏著頭問。玄武也用同樣的目光望著晴明。

晴明用手上的檜木扇子敲敲膝蓋，嗯地點點頭說：

「我作了一個讓我有點擔心的夢。」

「夢？」

太陰反問。晴明沒有回答，只是看著矮桌旁的六壬式盤。

有做過什麼占卜的痕跡，但是玄武和太陰看不出占卜的結果。一直陪在晴明身旁的天一雖然就近看著晴明占卜，也看不出結果。

顏色比冬天的天空還要淡的眼眸閃爍著疑問的光芒，看著老人。

晴明瞥過天一的眼眸，對孩童外貌的神將們說：

「我做過占卜，但無法掌握清楚狀況，只看到幾個線索。」

然後，他毅然望向拉開的板窗外，把檜木扇子指向天空說：

「我要你們去調查一下。」

接到晴明的命令，從安倍家出來，是在一個時辰前。
在占卜中看到的是一座府邸，和一個小孩。
老人說，在夢裡聽到求救的微弱聲音。
陰陽師作的夢，通常都具有意義。即使是從以前的記憶衍生出來的夢，只要是陰陽師的夢，就一定具有重大的意義。
不過，僅限於有能力的陰陽師。
「……！」
會滿腦子想著這些事，是因為他的平常心被現況嚇得飛到九霄雲外去了。
女孩還是來來回回摸著變成活雕像的玄武的臉。
讓玄武再這樣僵硬下去也不是辦法，太陰只好與女孩對談。
「請問……妳聽得到我們的聲音嗎？」
女孩把手停放在玄武臉上。
不會轉動的眼眸隨著太陰的聲音徘徊，白皙的臉上展露笑容。
「在那邊的，也是水神的使者嗎？」
女孩的手放開玄武的臉，往前伸搜尋太陰。太陰慌忙降落在外廊上，接住女孩的手。

「妳說的水神是……」

太陰還沒說完，玄武就打斷她說：

「等一下！」

就在玄武的眼神變得犀利的同時，可怕的氣息無聲地湧現。

女孩也察覺到了，很快縮起身子，驚恐地扭曲著臉。

對屋前出現黑影，從裡面爬出了來歷不明的異形。

「太陰。」

玄武把女孩擋在背後，太陰對他點點頭，飄到半空中。

她的身體被神氣包圍，通天力量化成了風。

異形發出難以形容的咆哮聲，正要衝入對屋時，被太陰的龍捲風擊退了。

「不要過來！」

太陰的怒吼聲與異形的叫聲重疊，十分刺耳。

玄武瞬間築起保護牆，阻擋了直撲而來的妖力。他感覺到飄蕩的妖氣，訝異地皺起了眉頭。

「水氣？這隻妖怪是……」

感覺有東西碰觸背部，玄武反射性地往後看，原來是女孩抓住了他背後的帶子，從帶子傳來了女孩的顫抖。

看到她的肩膀嘎噠嘎噠微微抖動，玄武一時說不出話來。很想對她說些什麼，又不知道該說什麼。

「呃，妳……」

「滾——！」

一聲怒吼，太陰射出的龍捲風擊碎了異形。

粉碎的妖怪連妖力殘渣都消失後，女孩才緩緩抬起了頭。

看不見的眼睛還是四下張望，搜尋有沒有可怕的東西。

「不用擔心，我們已經擊退了異形。」

女孩轉向好不容易才擠出這些話的玄武，偏著頭說：

「真的嗎？」

「我不會說謊。」

聽玄武說得這麼堅決，女孩才放鬆心情，露出笑容。

確定女孩的情緒已經穩定下來後，玄武也鬆了一口氣，儘可能裝出若無其事的樣子，試圖從女孩身旁走開，但女孩還是緊緊抓著他身上的帶子。

感覺到拉扯的力道時，女孩疑惑地眨了眨眼睛。

了。

「請問……可以請妳放手嗎？」

玄武覺得硬是甩開她太殘忍，只能這麼說，表情像是很困擾又像是在生氣。

女孩聽話地放開手，但又把手伸過來，用手指觸摸玄武的臉，害玄武又整個人僵硬了。

「妳、妳做什麼……」

玄武不敢對女孩動粗，又不知道該怎麼脫身，頭腦一片混亂。

女孩卻笑得很開心，看不見的眼睛像要看透玄武般，幾乎貼到玄武臉上。

「你是水神的使者吧？因為你保護了汐。」

「啊……？」

不曉得是不是有點慌張，玄武的臉紅到耳根，急著想逃離。太陰像在觀賞奇景般，看著這樣的玄武。

神將玄武的外貌雖然像個孩子，但對任何人說話都很嚴厲，態度也是高高在上，現在卻被一個人類女孩攪得心神不寧。

「明天會不會下冰雹啊……」

太陰這麼感嘆著。玄武一直用求助的眼神看著太陰，但是飄浮在半空中觀察天空情況的太陰，完全沒有注意到玄武的視線。

回來後，玄武好像一直在生氣，正襟危坐的他，臉上清楚寫著：「我現在心情不好。」

朱雀和白虎盤腿坐在他後面，盯著他的背影。

大致上的經過，玄武剛才都向晴明報告了，他們兩人也都在一旁聽著。

玄武說得簡單扼要，但應該沒有遺漏的地方，他們卻無法從報告內容找出他這麼生氣的理由。

「喂，太陰，到底發生了什麼事？」

他們把疑問轉向同行的太陰，然而，太陰只是滿臉疑惑地搖著頭。

「沒發生什麼事啊！就像玄武剛才說的那樣，我們找到晴明說的那座府邸、見到那裡的小姐、解決了妖怪，那個女孩也安全了……」

數著指頭確認該報告事項的太陰忽然眨了一下眼睛。

「啊！對了，那女孩的眼睛看不見，可是知道我們在那裡呢！」

「是嗎？」

朱雀張大了眼睛。剛才的報告沒有提到這件事。

「這是很重要的事吧？」白虎說。

「啊，對哦！好像是這樣。」太陰對白虎點點頭，又接著說：「她聽到我們的聲音，就從裡面出來了，還對玄武……」

「太陰，不要說了，我都向晴明報告過了。」

玄武兇巴巴地打斷太陰的話，站起來。

「你要去哪裡？」朱雀問。

玄武偏頭瞥了他一眼。

「晴明不是說有不祥的預感嗎？所以我去汐小姐那裡看看。」

說完這些話，玄武就隱形不見了，可能是直接去了那座府邸。

朱雀和白虎不由得面面相覷。

「很少看到玄武那樣說話呢！」

「太陰，後來到底怎麼了？」

太陰在白虎旁邊坐下來，抱著膝蓋說：

「那女孩問玄武，是不是水神的使者。」

正以神腳趕路的玄武，眉頭更加深鎖了。

——我是值得驕傲的十二神將，絕不是什麼水神的使者。

他都這麼說了，汐卻完全不理會。
還是用見不到光的眼睛天真地看著玄武，開朗地說：
「可是，你身上有水氣啊！跟水神一樣，是水神派你來的吧？」
「我不知道什麼水神。」
「可是，你身上有水氣……」
玄武用有些情緒化的聲音對不解的汐說：
「我是水將，身上當然有水氣。」
「那就跟水神一樣啊！」
「唔……！」
玄武真的不知道該說什麼。汐的雙臂環抱胸前，眼睛閃閃發亮。
「水神還要很久才會來接我，一定是怕我遇到危險，才派你來的。」
太陰和玄武面面相覷，聽不懂她在說什麼。
什麼水神、什麼會來接她……到底在說什麼啊？
「……」
玄武正要開口時，有人影從主屋走向了這裡。
大約三十五歲的男子滿臉驚慌地跑過來。

「汐！我聽到奇怪的聲響和野獸的叫聲，發生什麼事了……」

汐高興地轉向聲音的方向。

「父親！」

閃到外廊角落的玄武和太陰看到父親蹲在女兒面前，雙手托住她的臉。

「啊，妳沒事就好。」

說完，父親戰戰兢兢地環視周遭。

汐可能是察覺到父親的舉動，把自己的手放在父親手上，微笑著說：

「放心，我沒怎麼樣。剛才水神派來的使者保護了我。」

「我說過好幾次了，我不是什麼使者啊！」

玄武立刻反駁，但這個男子是沒有任何能力的普通人，聽不到玄武的聲音。他笑咪咪地點點頭，摸摸女兒的頭說：

「這樣啊，那就沒什麼好擔心了。妳要乖乖地等候那個時刻到來，好好侍奉水神哦！」

「是。」

清脆的聲音在屋內迴響。

太陰和玄武怎麼樣也聽不懂他們兩人的對話，疑惑地彼此對望。

「真是的……」

看到正要前往的府邸，玄武停下腳步，搖了搖頭。

以上就是他向晴明報告的內容。

在父親的催促下，汐依依不捨地望了玄武他們一眼，才默默走進對屋。

兩人思索著，是不是該等父親離開對屋後，再跟汐見一次面。但是由於沒有感覺到什麼危險的動靜，所以兩人還是決定先回安倍家一趟。

夜幕已經低垂，但玄武是神將，晚上的視力比人類好，跟白天一樣看得很清楚，所以沒什麼問題。

再過一些時候，人們就會就寢了。

「在她家裡的人都睡著前，我最好在屋頂等著。」

女孩具有察覺神將的能力，要是太靠近她，她很可能會發現，又走出來。

因為眼睛看不見，她又會伸出手來撫摸確認吧？一被她觸摸，全身就會莫名其妙地僵硬起來，動彈不得，而且心跳開始加速，快到如疾風迅雷，然後他就會慌張得連自己都難以相信。所謂腦充血，一定就是那種感覺。

覺得自己在人類女孩面前太過失態的玄武滿臉憂鬱。

「心跳那麼快，會失去冷靜。」

如果再有下次，非告訴她不要碰觸自己不可。

「嗯，就這麼做，這樣所有問題就解決了。」

玄武似乎很滿意自己想到的辦法，自顧自地點點頭，就輕鬆地跳過了環繞府邸的圍牆。

單腳著地蹲下的玄武小心觀察四周。

空氣涼得出奇，牆內的溫度好像比牆外低很多。

水氣似乎也比平常重，讓玄武感到疑惑。

「水氣……？」

他忽然想起汐說的話。

——跟水神一樣。

「水神到底是什麼？」

他站起來，截斷氣息，往汐居住的對屋走去。

據晴明說，這座府邸只住著中級貴族父女以及幾個僕人，並不是非常富裕的人家，母親已經不在人世了。

神將們的主人受貴族重用，所以人脈當然廣闊。用占術卜出的府邸住著哪些人，他很容易就查出來了。

水氣包圍著對屋，濃度逐漸增強。玄武是水將，肌膚早已習慣水氣，然而，他對這裡飄蕩的水氣卻有種生疏感。

「即使是不同眷族，也未免太……」

最好找同樣是水將的天后來確認看看。

他不是不相信自己的直覺，而是知道直覺並非萬能。

他們的主人作了夢。陰陽師作的夢都有意義，從夢裡占卜出來的結果，從來沒有失誤過。所以，這次一定也有事發生。

他表情凝重地想起晴明說的話。

——我聽到一次又一次的求救。

晴明在夢裡只聽到求救聲，沒看到人。不管他怎麼呼喚，對方都沒有現身，只是一次又一次地扯開嗓門求救。

就只是這樣，沒有更多線索了，晴明卻還是找到了這座府邸，太陰和玄武都不得不佩服晴明驚人的通靈能力。

玄武嘆了一口氣。

不久前，晴明還在生與死的夾縫中掙扎，現在雖然已經度過危機，還是抹不去玄武心中的不安。晴明自己倒是笑得很平靜，說自己還有一段時間才會享盡天年。

「不過，我真的不希望他太勞累。」

人們把晴明當成靠山，總是把不負責任的期待強加在他身上，希望他最後能為他們解決所有事。若達到了他們的期待，他們就理所當然地接受；若有違期待時，就自私地批判晴明。

成為晴明式神的幾十年來，他也嘗試著去理解「這就是陰陽師的工作」。然而，即使理智可以接受，感情也未必可以。他很想對那些人說，自己的事請自己想辦法。

對十二神將而言，主人安倍晴明和他所愛的安倍一族，都比那些雜七雜八的貴族們重要多了。

然而，玄武知道說出來會讓他的主人困擾，所以一直埋藏在心底。主人心裡也有數，所以常常撫摸小孩外貌的神將的頭，就像撫摸自己的孫子那麼自然。不管他抗議過多少次，說不要把他當成小孩子，主人還是會那麼做。而玄武說歸說，其實也不是那麼討厭被撫摸。

跳過對屋外廊的高欄，悄悄著地後，玄武環視四周。

這個地方因為充滿水氣，氣溫相對降低，一般人可能會感覺到些許寒意。

「晴明叫我救她，可是要怎麼救呢……？」

是白天那種妖魔鬼怪常常會來攻擊汐嗎？可是若真是這樣，她到現在還能平安無事，實在太奇怪了。

對屋沒有危險的動靜。

玄武嘆口氣，抬頭看著屋簷，很認真地考慮要不要跳上屋頂。

這時候，背後有清脆的聲音叫住他。

「玄武？」

玄武張大眼睛，反射性地轉過身去。

從木拉門稍微打開的細縫，可以看到汐往外窺視般弓著背，頭偏向一邊。

他完全沒發現汐就在附近，也沒發現木拉門被拉開。

只在單衣上披著外套的汐開心地走向目瞪口呆的玄武。

看到她把手向前伸，邊確認，邊跨出步伐。玄武慌忙走過去，牽住她的手。屋裡這麼暗，萬一跌倒就不好了。

這麼想之後，又想起她的眼睛本來就看不見，才發現自己的擔心毫無意義。

明明沒有人在看，玄武卻還是滿臉尷尬，眼神飄忽不定。

汐感覺到他這樣的反應，忽然停下腳步，不解地問：

「玄武，你在生什麼氣？」

「我沒在生氣。」

「可是你的聲音僵硬，身體周遭的氣氛也帶著刺。」

他想反駁說沒有那種事，但話到嘴邊又嚥了下去。

是她由衷擔心的表情，讓玄武閉上了嘴。

沉默在兩人之間蔓延開來。汐可能是在等玄武先開口，動也不動的眼眸默默盯著他。

最後玄武忍不住先認輸了，深深嘆口氣說：

「晚上的風對身體不好，妳快回主屋睡覺，妖怪說不定還會來襲。」

聽到玄武這麼說，汐抿嘴一笑。

「沒關係，水神會保護我，」汐的纖細手指，輕輕握住了玄武牽著她的手的手指，「而且，還有玄武在呀！沒什麼好擔心的。」

很遺憾，汐看不到玄武震驚的眼神。他真的很難得露出這樣的表情，如果有同袍在，這件事一定會成為永久流傳的話題。

又不能甩開汐的手，玄武在嘴巴裡嘀咕著什麼，舉起沒被抓住的那隻手，心浮氣躁地撥了撥頭髮。

「呃……」

「怎麼了？」

汐偏頭問。玄武為難地說：

「請放開我的手……我想坐下來。」

這句好不容易想到的話聽起來很牽強，但汐真的相信了。手指放開時，玄武卻又有種捨不得的感覺，他對這樣的自己感到困惑，像在掩飾這樣的困惑似的，發出「咚」的聲響，在外廊坐下來。

汐也跟著在他旁邊坐下來。

「……」

為什麼坐在我旁邊……！

玄武心慌意亂，汐卻完全沒有察覺，笑盈盈的臉朝向玄武。

「妳差不多該睡了吧？」

「是啊！」

「那麼，為什麼不回主屋？」

「我想送你離開。」

就算她要送，玄武也不能離開。要是現在離開的話，就不知道自己再跑來這裡幹嘛了，完全沒有意義。

「我要暫時留在這裡。」

汐的表情頓時亮了起來。

「你會待多久呢？水神有時候也會來，但從來沒有現身過。」

「有時候也會來？」

玄武懷疑地反問。汐點點頭說：

「有妖魔鬼怪來侵犯時，水神一定會來救我。可是，每次我還來不及道謝，祂就走了……」

水神從來不會像玄武這樣，在她面前現身，停留這麼久。

玄武眨眨眼睛，低聲詢問：

「水神是妳的什麼人？」

汐訝異地偏著頭，緊皺眉頭，好像在說：「你應該知道啊！」但又覺得這樣對玄武有點失禮，優柔地瞇起眼睛說：

「我出生時，水神賜下神諭，要我成為祂的女巫，等我七歲時，就要離開人類世界，去神住的地方。」

「什麼……？」

這種事未免太離譜了。所謂水神，也有很多種。如果做粗略分類，貴船祭神高龗神也屬於水神。

到底是哪裡的什麼水神說了這樣的話？

不過，聽她這麼說，就不難理解為什麼有水氣包圍這座府邸了，就是那個什麼水神在宣示自己的神意。

這個大和國家住著八百萬神明，很多神連名字都不知道，所以有玄武不知道的水神也不足為奇。

「不知道是不是接到神諭的關係，我常常被可怕的妖魔鬼怪襲擊。還好，水神每次都會來救我。水神說，為了減少這種事發生，最好不要把我的事告訴任何人。」

所以除了父親和家裡的僕人外，沒有人知道她的存在。對外都說，她一出生，就跟母親一起死了。

這樣等她七歲去當女巫，從這裡消失時，也不會驚動到家裡之外的人。

父親原本很抗拒，現在很感謝救過女兒多次的水神，就當成自己只是在時候未到前暫時照顧女巫而已。

還對她說，她一定是神的眷族，只是因為某種理由，才生為人類的孩子。所以到時候，希望她能開開心心地走。

她也坦然接受了這樣的事實。

「過完年，我就七歲了，在那之前，都是由你來保護我，而不是水神嗎？」

在水氣包圍下悄悄活著、沒有人見過的女孩天真無邪地問。

玄武不知道該如何回答，轉移話題說：

「對、對了……」

「什麼？」

「我想問妳一件事。」

「好啊！請問。」

汐點點頭，一看就知道對玄武非常信任。

「呃，妳為什麼要摸我的臉？」

汐眨眨看不見的眼睛，抿嘴一笑，又突然伸出雙手撫摸玄武的臉。

「唔……！」

玄武全身僵硬。汐摸著他的臉說：

「我看不見，所以如果不摸你，就不知道你長什麼樣子。」

只要對方保持沉默，她就連對方是誰都不知道，所以父親教她，用手、用手指去看對方。

「我摸過一次，就能牢牢記住了。玄武，你有張熱情、溫柔的臉。」

玄武的眼睛直盯著汐，連眨都忘了眨，而汐絕對看不到玄武這樣的眼神。

「有生以來，第一次有人說我溫柔……」

在漫長的歲月中，沒有人那樣形容過玄武桀驁不馴的態度和表情。不但同袍們覺得他桀驁不馴，連他自己都這麼認為，從來沒有懷疑過。

現在有人說他溫柔，老實說，讓他不知所措。

但是，並不會不高興。只覺得很難為情、不敢面對她，有種輕飄飄的感覺，整顆心都覺得好溫暖。

真是個不可思議的女孩。

是不是因為看不見，「感覺」就是她的全部，所以，她可以坦然做出跟別人完全不一樣的判斷？

至今以來，在玄武見過的人當中，她可能是最奇特、最純真的一個。

「玄武，你很溫柔吧？」

面對汐這麼直接的詢問，玄武很認真地思考該怎麼回答才好。

「我不知道我溫不溫柔……」玄武看著見不到光的清澈眼眸說：「但我希望我是。」

汐眨眨眼睛，用停留在玄武臉上的手確認過嘴巴和眼睛一帶後，微微笑著說：

「我知道了。」

「對了，汐……」

「什麼事？」

玄武非常為難地說：

「差不多可以放開我了吧？」

有張臉這麼靠近自己，會莫名地感到緊張。

汐終於把手放開後，玄武才偷偷喘了口大氣，心跳快得連他自己都覺得吵。

他站起來，催促汐說：

「妳該睡了，晚上就是要睡覺。」

「可是，你……」

看女孩這麼擔心，玄武語氣嚴肅地說：

「放心吧！我是神將，跟一般人不一樣。我會小心看守，絕不讓任何可怕的事發生在妳身上。」

神將是什麼呢？這麼思考的汐，決定乖乖聽話。

玄武看到她要站起來，正想伸手扶她時，包圍對屋的水氣驟然改變。

變得刺人、冰冷而銳利，像波濤般洶湧起伏，轉眼間就從黑暗中跑出好多隻異形。

發出兇狠咆哮聲的異形同時撲向了玄武和汐。

玄武立刻把汐擋在背後。

「玄武……！」

嚇得全身縮成一團的汐用微弱的聲音呼喚玄武。

「波流壁！」

水的波動匯集，形成包圍著兩人的無形保護牆。撲上來的異形都被纖細而強韌的保護牆彈開，傷害不了他們。

異形都氣得大聲怒吼。

汐聽到那些聲音，瘦弱的身體嘎噠嘎噠直發抖。對妖氣很敏感，還能聽到咆哮聲的她，眼睛看不見的恐懼不知道有多強烈。

必須想辦法擊退異形。

但是……

玄武咬住了下唇。他可以做出強韌的保護牆，卻沒有任何攻擊的法術可以擊潰敵人。

異形不斷攻擊波流壁。不管它們再怎麼攻擊，也摧毀不了玄武的力量。而且，這樣持續下去，它們自然會筋疲力盡，只要撐到那時候就沒問題了。

然而，要柔弱的人類女孩撐到那時候，玄武實在說不出口。

燃燒著熊熊怨恨的異形，釋放出來的妖氣逐漸增強。玄武感覺到那股妖氣，忽然皺起了眉頭。

「水氣……？」

他的低喃被異形的怒吼聲蓋過去了。汐抓著他身上的帶子，可以感覺到她驚恐地縮起了身子。

玄武偏頭往後看汐一眼，再狠狠瞪著異形，咬緊了牙關。

自己只有不動如山的守護力量，在某些時候，會不會太無能了？

握緊拳頭的玄武感覺到神氣，赫然張大了眼睛。

一個修長的身影降落在猖狂的異形群中。

右手輕鬆自如地拔起背上大刀的神將朱雀，斜眼看著所有的異形。

「真是一群煩人的妖怪！」

朱雀暴躁地咒罵，同時揮起大刀，把撲過來的異形砍成了兩半。

從朱雀身上噴出來的火焰鬥氣包住異形被砍斷的上半身和下半身，瞬間燒成了灰燼。

把目標轉向新敵人的異形，對朱雀展開了攻擊。玄武有點茫然地看著同袍將它們一一擊倒。

「朱雀……」
「玄武，那位小姐還有那邊那位就交給你了。」
閃躲異形攻擊的朱雀的視線前方，是聽到聲音正從渡殿趕過來的父親。
一隻眼尖的異形發現他，立刻轉過身去。
高聲吼叫的異形把男人嚇得像腳被縫在地上，走都走不動。
就在異形衝向靜止不動的男人時，玄武放射出來的通天力量呈網狀擴散，困住了那隻異形。像被壓在地上般掙扎的異形，也被朱雀的大刀砍成了兩半。
這時候，玄武發現同袍讓自己完全暴露在一般人眼前。
殲滅異形後，朱雀把大刀插回背上，大刀就像融入空氣般消失不見了。呆呆看著的男人猛然回過神來大叫：
「汐！汐，妳沒事吧?!」
男人看到女兒站在外廊，就衝了過來，玄武也學同袍在他眼前現身。
看到突然出現的孩童，男人停下了腳步。
「你、你想對我女兒……」
父親還沒說完「你想對我女兒怎麼樣」，就被汐打斷了。
「父親，這位是水神的使者。」

忽然吹起一陣風。

玄武一轉頭，就看到白虎飄浮在半空中。朱雀應該是乘他的風來的。

「玄武，叫小姐去睡覺了。」

「朱雀？」

朱雀轉向父親說：

「我有件事想問你。」

被顯然不是普通人類的犀利眼神一瞪，男人嚇得臉色蒼白，全身僵硬。

汐感覺到緊繃的氣氛，跟著緊張起來。玄武牽起她的手說：

「快半夜了，去睡覺吧！」

「可是……」

「不用擔心，我們不會傷害妳或妳的家人。」

汐猶豫了一會，點點頭，慢慢走回對屋。

從動靜確定她已經鑽進被窩後，玄武在對屋佈下了結界。

只要有這個結界，縱使敵人來襲也不用擔心。

玄武嚴厲地觀察過充斥屋內的水氣後，跟朱雀一起面對女孩的父親。

他雖是官員，但應該不是藤原一族，也就是說，身分地位並不高。

朱雀對站在渡殿的男人說：「水神是什麼？」

玄武發現白虎的風纏繞著兩人，往上瞥了一眼。看來，白虎是打算把男人說的話直接傳給晴明。

男人緊張地瞄著朱雀和玄武。

「你們不是水神的使者嗎？」

「不，我們不是。」

他們也想過要明說是晴明的式神，但又怕對方懷疑為什麼扯上晴明，就乾脆隱瞞不說了。

「剛才那些異形……」玄武偏頭望向現在什麼也沒有的地方，皺起了眉頭。「聽說那種東西攻擊過汐很多次，每次水神都會保護她，是嗎？」

第一次聽說這件事的朱雀微微瞪大了眼睛。是晴明覺得可能會發生什麼事，派他來看看玄武的。他到達時，異形正張牙舞爪地叫囂著，為了保護玄武和汐，他就把它們統統消滅了。玄武有很好的防禦能力，卻完全沒有攻擊能力。

「可是，剛才發動攻擊的異形所散發出來的氣，卻跟在屋內飄蕩的氣是同樣性質。」

聽完玄武的話，不只朱雀，連男人都倒抽了一口氣。

「什麼……?!」

「玄武，你沒搞錯？」

朱雀再三確認，玄武肯定地點點頭。

「白天的異形也是。同性質的氣，怎麼會攻擊汐呢？我個人認為，那是你們所說的水神為了誇示自己的力量，操縱臨時做出來的異形攻擊汐。」

男人大驚失色。

「怎麼可能……怎麼會這樣?!」

男人雙腳無力地跪倒在渡殿上，把手放在額頭上，拚命回想至今以來發生過的事。

「再問你其他事。」

朱雀的語氣十分嚴厲。男人疑惑地看著環抱雙臂的他。

「把那個水神要你家千金去當女巫的事情經過告訴我，我覺得這件事大有問題。」

「你的意思是……？」

玄武訝異地問。朱雀瞥他一眼說：

「我懷疑有人假扮成水神，在幕後操縱一切。」

不過，這也只是聽完玄武的話，瞬間閃過腦海的想法，朱雀也不確定自己的想法對不對。

這時候，同袍的聲音隨風流入了耳裡。

《晴明說他也有同感。》

在安倍家待命的太陰，把白虎送來的風訊一五一十地傳達給了晴明，然後再透過風，把晴明說的話傳給白虎。

玄武也聽到了白虎的聲音，他傾身向前，靠近男人。

「水神到底是什麼？」

完全不符合孩童外表的狂傲語氣與銳利眼神，讓男人喘不過氣來，吞吞吐吐地說出了所有經過。

太陰接到白虎傳來的風訊，就直接轉給了晴明。

「原來是這樣啊……」

聽到晴明的低喃，陪在一旁的天一擔心地看著主人。

晴明把手伸向六壬式盤說：

「太陰、天一——」

嚴肅的聲音讓太陰下意識地挺直了背脊，天一也是。

「太陰，把根據所有線索占卜出來的結果告訴玄武他們。天一，妳去朱雀那裡，保護汐小姐。」

「知道了。」

太陰點頭後，天一也接著說：

「知道了。」

就在太陰的風傳達晴明占卜結果的同時，天一也已經降落，對著端坐在對屋外廊的同袍們微笑。

「這裡就交給我吧！」

「可是……」

玄武有些猶豫，朱雀拍拍他的肩膀說：「不用擔心，我的天貴會保護汐。」

比他高出許多的同袍的淡金色眼睛微笑著。

他看看朱雀，再看看天一，把嘴巴抿成了一條線。

《該去晴明指示的地方了。》

在上空飄浮的白虎催促兩人，不一會兒，風就包住了兩人的身體。

金色長髮高高揚起，呼嘯而去的風，把包圍府邸的水氣都吹走了。重重沉澱的水氣消失後，府邸內雖然已經蒙上夜色，感覺卻比以前清爽、明亮多了。

風從板窗灌進來，微微搧動了簾子。連帷屏的布幔都被吹得啪啦作響，當聲音靜止時，木拉門被悄悄拉開了。

「玄武……？」

從沉睡中甦醒的汐緩緩探出了頭。

天一看到動也不動的眼眸搜尋著玄武，微微一笑說：

「玄武要離開一下。」

「妳是誰？」

幼小的汐躲在木拉門後面，天一溫柔地回答她：

「我是玄武的同袍……就像朋友那樣。」

乘著白虎的風在天空飛翔的玄武，掩不住煩躁地咬著下唇。

汐一出生，她的母親就過世了。聽說她的母親很漂亮，是某地方女巫的後代，擁有不可思議的力量。

替心愛的妻子辦完喪事後，男人抱著她遺留下來的嬰兒，悲傷度日。

男人沒什麼親戚，父母也都不在了。幾個僕人都是從上一代伺候他們到現在，年紀都很大了。

就在男人覺得女兒很可憐，淚流滿面時，妻子遺留下來的鏡子嘎噠嘎噠作響，鏡面浮現身影，還發出了聲音。

——那女孩是我的眷族。

同時，異形的可怕叫囂繚繞，板窗與木拉門也被衝撞得一直震動。

察覺到異狀的嬰兒放聲大哭。一方面要安撫嬰兒，一方面自己也很驚恐的男人，又聽到剛才的聲音。

——如果將來你願意把她交出來，我就保護她到那時候。

男人是沒有任何力量的普通人。這時候一心只希望能獲救、只希望能保護女兒，於是發誓到時候會交出女兒，那些異形就被擊退了。

那之後，異形也來攻擊過汐很多次，都是水神阻擋它們，保護了汐。

然而，男人又說：

「每當我捨不得那孩子時，異形就會像看透我的心思似的，又發動攻擊。」

一定是因為水神的眷族跟人類在一起，才會發生這種事。既然這樣，在她七歲的春天，完全脫離神的守護時，就讓她去侍奉水神吧！

為了讓汐不會捨不得離開，男人在汐懂事前就把所有事都告訴了她。從小就教導她，她七歲時要去水神那裡，這絕不是什麼悲哀的事，而是她的宿命。

女兒相信了父親的話。

「水神說，那孩子的眼睛見不到光，是因為生錯了地方。只要離開人類世界，那孩子的眼睛就能見到光……」

然而，當眼睛能見到光時，那孩子已經不在這裡了。所以，男人希望女兒可以用手指記住父親的長相。

玄武的表情變得凝重。

原來纖細白皙的手指碰觸他，是為了記住他。為了永遠不忘記，集中所有神經，把臉龐刻印在心裡面。

活在沒有色彩的世界裡，觸覺與聽覺就是女孩的全部。

「就是那片沼地。」

玄武低頭看看白虎指的地方，繃緊了神經。

在沼地邊降落的三人擺出無懈可擊的防備姿態，觀察四周。

重重沉澱的水氣瀰漫，跟充斥汐的住處的水氣一樣，也跟發動攻擊的異形散發出來的氣一樣。

「沒有錯……那些異形是什麼水神的眷族。」

玄武這麼斷定。朱雀點點頭，舉起大刀。

「要不要放火燒這一帶，把那個水神燻出來？」

朱雀的火焰有淨化作用，但也跟騰蛇一樣，可以燒光所有東西。騰蛇的火焰被稱為「地獄業火」，是因為威力太過強大，燒完後什麼也不剩。

最近玄武漸漸覺得，騰蛇其實也不想擁有最兇悍的稱號。一定是跟晴明和他的接班人相處後，改變了他。玄武認為，對十二神將來說，這樣的改變是不錯的趨勢。

有一次，玄武把這樣的想法告訴勾陣，她只是淡淡一笑，抓抓玄武的頭。不管玄武再怎麼抱怨，說不要把自己當小孩子，勾陣還是會那麼做。最近好像愈來愈多人把他當成小孩子，這不是很好的趨勢。

「這樣會波及無辜的生物，最好不要。」

白虎露出苛責朱雀的眼神。玄武對他點點頭，走到水邊。

「那麼，我引它出來。」

水將玄武迸射出來的通天力量會與水產生共鳴，誘出不同性質的東西。

「白虎、朱雀，那個什麼水神就交給你們對付了。」

他們都確信，企圖奪走汐的傢伙絕對不是什麼水神。

只是假藉水神的名義，操縱同樣氣息的異形，去攻擊那對父女。每當父親心生懷疑，那傢伙就放出異形，靠假裝保護汐來取得父親的信任。

神。

就這樣，鎖住了一個女孩的心和生命，企圖奪取她的將來。這樣的傢伙，不可能是神。

玄武迸射出來的通天力量，使沼澤掀起了大波浪。瀰漫的水氣被玄武的清冽神氣驅逐，浮出黑漆漆的沉澱物。

「在那裡！」

朱雀和白虎擺出備戰姿態。

同時，黑色異形一隻隻跳出水面，全都飛撲過來。

玄武正反射性地要築起保護牆阻擋異形時，聽到朱雀的叫喊聲：

「不用了，你去抓大頭！」

話還沒說完，白虎的風刃已經呼嘯而過。

異形飛過被砍死的同伴，齜牙咧嘴地往前衝，都被朱雀揮舞大刀一一砍落。

玄武把小嘍囉交給兩人，開始搜索完美隱藏在水氣裡的妖力來源。

沼澤中央有東西發出強烈的意念。

「是那個……？」

異形從四面八方撲過來，不讓玄武往水面去。白虎的風將它們掃開，朱雀的通天力量將它們擊得粉碎。

玄武到達沼澤中央，看到黑漆漆的東西冒著泡泡從水底浮上來。那東西裹著黑沉沉的水、泥沙和破破爛爛的黑色道袍，是人類的骨頭。

「這衣服……是道士？」

全身沾滿泥沙的骷髏猙獰地笑了起來，對驚訝的玄武說：

「不要妨礙我，你這小妖……！」

隨著低聲咒罵一起迸射出來的怨念襲向了玄武。因為太過強烈，把玄武往後推了好幾丈遠。濺起水花的水面劃出兩道水痕，很快就被波浪掩蓋了。

「玄武！」

趕到水面上的白虎撐住了玄武嬌小的身體。朱雀的金色眼睛閃爍著銳利光芒，在旁邊瞪著骷髏，手上的大刀纏繞著火焰鬥氣的漩渦。

三人站在波濤洶湧的水面上，與人類死後變成的噁心骷髏對峙。

「你為什麼要假冒水神的名義，欺騙那對父女？」

骷髏猙獰地笑著，凹陷的眼窩中閃爍著陰森森的綠光。

「她是我的人，而那女孩是她的女兒，所以我要定了。」

「你在說什麼？」

骷髏的牙齒不停地嘎噠嘎噠響著，綠光也愈閃愈強烈。

「她是我的人，卻替那個男人生下孩子死了。可憐的女人，可恨的孩子。可是孩子身上流著她的血，所以……」

化成白骨的手指向沼底。

水面冒出無數泡沫，從高高鼓起的水中浮出一個女人，被意念之網捆住。

通體透明的女人，並不是活人。

玄武瞠目結舌。

女人的長相酷似眼睛見不到光的女孩。

「是汐的……！」

神將們都聽到了微弱的聲音。

——救救她、救救她，請從這個可怕的人手中，救出那孩子……

忽然，女人痛苦地扭動身體，張開嘴巴發出哀鳴。牢籠的可怕念力逐漸增強，骷髏放聲大笑。

「可憐的女人，愚蠢的女人，不管妳怎麼抗拒，也沒有人能阻止我！」

笑得牙齒嘎噠嘎噠作響的骷髏，瞬間浮現醜陋抓狂的男道士模樣。

男道士甩著未經修剪的蓬亂長髮，瘦削的臉頰只剩下皮包骨，佈滿血絲的眼睛閃耀著變態的光芒，以好色的眼神注視著被困在意念牢籠裡的女人。

「那是妳製造出來的東西，也就是我的東西，我拿回來有什麼不對？」
玄武覺得背上一陣寒意，倒抽了一口氣。
「製造出來的東西？」
不知道為什麼，這句話讓玄武火冒三丈。
天真無邪的笑臉閃過他的腦海。
女孩說因為看不見，所以要用手觸摸，摸過就看得到。活在沒有亮光的世界裡，女孩既不詛咒也不怨嘆，平靜地接受事實，積極地度過每一天。
女人在牢籠裡拚命地搖頭。
——不、不，我怎能接受那樣的蠢話！
請救救她，請救救我女兒。還有，請讓她的眼睛能見到光。
朱雀陰沉地問：
「難道她的眼睛看不見，也是你幹的好事?!」
道士戲謔地笑了起來，表示承認了所有事。
玄武的怒火油然而生，甩開了白虎的手。
「你竟敢……！」
因為醜陋的痴心妄想，扭曲了汐的命運。面對這樣的道士，澎湃洶湧的憤怒在玄武

心中鼎沸翻騰。他怒聲斥罵，卻不知道自己為什麼這麼生氣。
「我絕不饒你！」
通天力量爆發，困住了全身都是泥沙的道士。
然而，他就只能做到這樣，因為他沒有擊垮敵人的力量。
玄武懊惱地咬住了下唇。朱雀拍拍他的肩膀，把大刀指向骷髏，冷笑著說：
「我會把你的痴心妄想一起砍了——這是我主子的命令！」

至今以來，玄武不知道想過多少次，希望自己擁有力量。但每次都是因為無法保護主人，深深感覺到自己的無力，才會有那樣的想法，並不是想獲得戰鬥的力量。
看著朱雀的大刀砍碎骷髏，玄武第一次對自己的無力感到挫折。
「啊……看到了。」
乘著白虎的風回到汐家的一行人，都看著下面的屋頂。
陷入沉思的玄武也被白虎的聲音喚醒，驚覺自己下意識地握緊了拳頭，趕緊鬆把手鬆開。朱雀平靜地看著他。
被困在牢籠裡的汐的母親，去冥府前，把所有事都告訴了他們。
悄悄落地的一行人，看到天一和坐在天一旁邊的人，都瞪大了眼睛。

「什麼……?!」

天一不知道他們為什麼這麼驚訝，疑惑地看著他們。

坐在她旁邊的人，用深色長布巧妙地遮住了臉。

汐就端坐在兩人之間。

可能是察覺到動靜，汐的臉亮了起來，伸出手說：

「玄武，你沒事嗎？」

玄武慌忙衝上外廊，在她面前蹲下來。

「我沒事……我說過，我是神將，那種卑賤之徒哪能對我怎麼樣？」

聽到玄武說得這麼狂傲，汐才如釋重負地鬆口氣說：

「那就好，不過，即使你說你是神將，我還是很擔心。」

異形太可怕了。縱然知道水神會保護自己，還是消除不了恐懼。

玄武抬頭看看藏在長布下的臉，那張臉對他淡淡一笑。

「汐啊，妳說的水神……」

「怎麼了？」

玄武接住她伸出來的手，覺得她的手十分冰冷。現在雖然是夏末，這座府邸卻瀰漫著陰暗沉澱的水氣，所以寒氣逼人。

為什麼不在手變得這麼冰冷前就寢呢？玄武在內心這麼苛責她，卻還是努力思索著該怎麼對她說。

「呃……水神要我帶話給妳。祂說祂搞錯了，妳並不是祂的眷族，所以妳七歲以後，還是要在這個世界一直生活下去。而且，再也不會發生可怕的事了。」

汐張大眼睛，伸長雙手撫摸玄武的臉頰，滑動的手指似乎在確認玄武說的話是真的還是假的。

玄武知道，汐是靠雙手來「看」，所以勉強裝出笑容。

「真的嗎？」

「我絕不會騙妳，汐。」

「那麼，我可以永遠跟父親在一起？」

「是的。」

不管怎麼說服自己，她還是很害怕離開現在生活的世界吧？

玄武瞇起眼睛，看著汐鬆一口氣的模樣。

「那麼……妳該睡了，明天醒來時，一定有好事等著妳。」

從長布下傳來沉穩的聲音。天一聽了，把汐帶進了對屋。

在她睡著前，天一應該會陪在她身邊。

朱雀和白虎站在靠近外廊的地方，暴怒地看著長布下的臉。

「晴明，你在幹什麼？」

掀起長布露出臉的年輕人抿嘴一笑，仰望著朋友們說：

「偶爾嘛！」

「晴明。」

晴明對沉著臉的白虎聳聳肩，輕輕嘆口氣說：

「那個道士可以阻擋我的占卜，可見法術不弱，如果走對了路，說不定可以成大事。」

因為太過愛慕汐的母親而走上歧路，最後被黑暗困住的男人，企圖搶走年幼的女孩，當成她母親的替身。

根據傳說，七歲後就不再有神的庇護，所以男人打算在那個時候，把她母親的靈魂植入女孩體內。

時間一分一秒地逼近。被囚禁的靈魂拚命求救，憑著堅強的意志和她與生俱來的能力，把聲音傳達給了晴明。

披著長布的年輕人站了起來。他會披上長布，是因為不想讓家裡的其他神將和孫子發現他外出。

「汐身上的咒縛解除後，她的眼睛就能見到光。」

「真的嗎？」

玄武緊張地詢問。晴明點點頭說：

「可是……能見到光後，面對人類之外的存在就感覺不到、摸不到，也聽不到聲音了。」

黑曜石般的烏黑雙眼瞪得斗大。

純潔無邪的女孩，原本可以感覺到隱形的神將存在，還可以聽聲音、撫摸神將的臉。

清脆的聲音在玄武耳邊響起。

——玄武，你有張熱情、溫柔的臉。

她的笑容彷彿就在眼前。玄武知道，什麼才是最重要的東西。

「只要她能見到光，我就沒有其他奢求了。」

沉靜述說的聲音，沒有絲毫的猶豫。

神將玄武請求曠世大陰陽師把光亮賜給女孩的眼睛。

當黎明的陽光照耀京城時，晴明等人已經回到安倍家。

「對不起，玄武，麻煩你把長布還給六合。」

從晴明手上接過長布的玄武，邊暗自抱怨他真會找麻煩，邊尋找六合。

六合正坐在昌浩房間的屋頂上。

「六合。」

六合瞥了玄武一眼，看到他手上的長布，眨了眨眼睛。

「晴明叫我還給你。」

「是嗎？」

接過長布的六合，脖子上的紅色勾玉在朝陽下閃閃發亮，玄武被閃得瞇起了眼睛。

「六合，你……」

黃褐色的眼睛轉向了玄武。然而，玄武沒再往下說，就在他旁邊坐了下來。

「剛才朱雀來過，他說事情都解決了。」

「是的。」朝陽有些刺眼，玄武瞇著眼睛，唧唧嘟嘟地說：「有種說不出的惆悵，不知道為什麼。」

六合微微張大了眼睛。

晴明等人都守在圍牆上，直到汐睡醒。

汐跟陪伴在旁的父親一起走到外廊，驚奇地看著第一次看到的世界。

當視線與玄武的視線交會時，她微微偏起了頭。玄武的心跳猛然加速。然而，就只有這樣。她的視線掃過一圈，沒有發現玄武的存在。

是玄武自己這麼希望的，因為這樣對汐最好。

他知道，看不見異形，過著平凡的生活，才是幸福。

然而，不知道為什麼，就是覺得惆悵。

「我真的不知道為什麼……」

六合抓抓玄武垂下的頭。

「不要把我當小孩子看！」

「哦。」

六合還是繼續抓他的頭。

玄武不滿地皺起眉頭。

「我叫你不要把我當成小孩子看！」

「這樣啊～」

這麼回應的六合，還是沒有停止的意思，那雙手又大又溫暖。

「六合，你有沒有在聽我說話？」

「嗯，有啊～」

一想起女孩溫暖的手指，心中就閃過微微的苦澀與惆悵。

玄武抱怨歸抱怨，還是任憑六合的手在他頭上抓來抓去。

疾如狂風

牛車的簾子啪沙一聲被吹開。

「喲，好強的風……」

隨從發現行成打開車窗往外看，趕緊問：

「大人，怎麼了？」

「沒什麼，只是覺得風特別……」

還來不及說「特別強」，風就在瞬間颳過了牛車。

「唔哇……！」

重甸甸的牛車被吹得向一邊傾斜。拖著牛車的牛使勁地踩穩四隻腳，但還是被一個車輪懸空失去平衡的車體拖倒在地，發出慘叫聲。

轟隆巨響如地震般震盪著空氣。

「大人！」

臉色發白的隨從和牧童趕緊察看傾倒的車體，看到行成的額頭流血，人已經昏過去了。

「大人，您醒醒啊……哇！」

龍捲風般的強風呼嘯而過，被吹得搖搖晃晃的隨從，清清楚楚看到風裡好像有什麼東西。

一到陰陽寮，昌浩就發現陰陽生藤原敏次的表情僵硬。

「早安……敏次，怎麼了？」

昌浩小心翼翼地詢問。臉色有些蒼白的敏次看著他說：

「是你啊，昌浩，早。你聽說昨天的事了嗎？」

「咦，昨天發生了什麼事？」

昌浩眨眨眼睛。

坐在昌浩肩上的小怪兇巴巴地瞇起了眼睛。

小怪不喜歡敏次，說得白一點，是很討厭、看到他就火大、超級厭惡。這世上有所謂「天敵」的說法，對小怪而言，敏次就是天敵。

不過，這只是單方面的情緒，因為敏次並不知道小怪的存在。

「昨天，行成大人在回家路上，牛車被風吹倒了……」

「咦?!」昌浩大驚失色。「那麼，行成大人怎麼樣了？」

「還好，只受了輕傷，要暫時在家休養，等一下我要去探望他。」

藤原行成兼任右大弁與藏人頭，昌浩行元服禮時，就是請他加冠，他一直都很關心昌浩。

「啊，那麼，我也……」昌浩還沒說完，就被敏次狠狠瞪了一眼，他慌忙改口說：

「呃，那麼，也請讓在下隨同，因為行成大人對在下十分照顧。」

「嗯，沒關係，分開個別去反而會打攪到行成大人。」敏次點點頭，神情凝重地接著說：「老實說，隨從說的話讓我有些擔心。」

他的聲音比剛才更憂慮，昌浩訝異地皺起了眉頭。

「什麼話？」

這是小怪的反問，敏次應該聽不到，但他還是憂心忡忡地回說：

「據隨從說，風裡面好像有什麼東西。」

低聲說完後，敏次把手指抵在嘴巴上，又補上一句：

「如果他說得不假，就是妖魔鬼怪所為，必須確認才行……」

敏次握起拳頭，又看著昌浩說：

「你的靈視能力不強，但是連沒有任何能力的隨從都看見了，說不定你也看得見。如果看見異形，就要馬上向陰陽博士報告。」

他才說完，小怪就破口大罵：

「你、你沒資格說這種話！你、沒、資、格！」

昌浩被在耳邊大吼大叫的小怪吵得很煩，但還是點點頭，對敏次說：

「是，我知道了。」

這時候，颳起一陣強風。

文件漫天飛揚，簾子也被吹得啪吵啪吵作響。

「好強的風啊……」

敏次看著外面自言自語，原本直盯著他看的小怪也把頭轉向外面。

蔚藍的天空中萬里無雲。

「好奇怪的風。」

小怪的聲音跟剛才對敏次吼叫時明顯不一樣，昌浩看著它，眨了眨眼睛。

彰子抬頭看看陽光刺眼的湛藍天空，披上外套，走出了安倍家。

去市場的路，她算是很熟了。有時候會走不同的路，但是京城的大路、小路是棋盤式排列，所以不用擔心迷路。

「可是，昌浩還是會擔心吧？」

邊快步走，邊嘆息的彰子，聽到隱形跟著她的天一說：

《這也是無可厚非的事啊！》

「可是我來過很多次了呢！而且每次都有人陪著我，他大可不必那麼擔心……」

看到彰子鼓起腮幫子抗議的樣子，隱形的天一竊笑著說：

《妳也一樣啊，彰子小姐，不管昌浩怎麼說，妳還是會擔心他。》

彰子滿臉通紅地低下頭說：

「還……還是會擔心啊！擔心他會不會受傷、會不會遇到危險。」

《沒錯。》

「朱雀外出替晴明大人辦事時，妳也會擔心吧？天一。」

天一平靜地說：

《是的，所以昌浩擔心妳也是應該的。》

「妳說得沒錯，可是……」

彰子停頓下來，輕聲嘆息。

有神將陪著，是沒什麼問題，不過他們基本上都會隱形，所以看在旁人眼裡，彰子是一個人走在路上。對心存不良的人來說，是最好的下手目標。

「我可以理解他的擔心，可是，他會不會永遠把我當成左大臣家的千金呢……」

天一從她的低語聽出她的孤單寂寞，猶豫著該跟她說些什麼。

原本，彰子應該住在當今皇上的後宮裡。左大臣家大千金的替身，現在正以中宮身分，住在皇上欽賜的藤壺。

「我覺得我已經充分融入安倍家的生活了，雖然還有很多事要學習，但也學會很多事了。」

可是對昌浩來說，自己是不是依然是個嬌貴的千金小姐呢？

嘆息的彰子聽到天一低沉的聲音說：

《我們都知道昌浩很保護妳，但絕不是因為妳是左大臣家的千金。》

因為昌浩從一開始就沒有把她當成左大臣家的千金，所以，彰子的煩惱是杞人憂天。

「嗯……」彰子點點頭，抬起頭說：「我會繼續努力，讓他把我當成安倍家的一分子。」

然後，希望有一天，自己不再有作客的感覺，可以理所當然地待在那裡。

要是這時候告訴她，她已經完全融入了安倍家，恐怕會澆熄她的衝勁，所以天一保持沉默，什麼都沒說。

彰子總是不惜付出所有努力，去學習她不會做的事，這是她的美德。

外出時，彰子都會披上外套。這麼做是為了遮住她的臉，但缺點是會影響視線。不過，還是要預防有人認得她。

據說，長相會隨著成長而改變。宮殿裡的中宮雖然現在跟自己長得一模一樣，但是過幾年後，應該會有一些差別。這麼一來，說不定就可以說自己是藤原一族的遠親，糊弄過去。在彰子心中，確實有這麼一個小小的願望。

她的人生已經徹底脫離了擁有藤原血緣的命運。

「我們快趕路吧！」

走得這麼悠閒，太陽很快就下山了。她必須趕在昌浩回家前先回到家。

才剛加快腳步，就颳起了一陣強風。

「哇！」

外套差點被吹走，彰子急忙按住外套，但人還是被吹得搖搖晃晃。

《小姐！》

緊張的天一趕緊現身，伸手去抓彰子的肩膀。

但有人比她更快抓住了彰子的肩膀。

「妳沒事吧？藤花小姐。」

聽到熟悉的聲音抬起頭的彰子，跟沉著微笑的昌親四目交接。

「沒、沒事……藤花？」

看到彰子對生疏的稱呼感到疑惑，昌親笑得更開心了。

「啊，那是妳的稱呼，我還沒那麼大的膽子敢叫妳的真名。」

原來是這樣。

彰子了解後，昌親好奇地問她：

「藤花小姐，妳要去哪裡？」

再往前走就是三条市場了。

是現身的天一回答了這個問題。

「彰子小姐要去市場買東西，我陪她去。」

「只有妳嗎？天一。」

天一點頭說是，昌親稍微思考了一下說：

「那麼，我也一起去吧！」

「咦，可是你不是有事嗎？」

昌親是往安倍家的方向走。彰子不知道他住在哪裡，只知道跟安倍家應該有段距離。

「沒有，我只是經過這裡，所以妳不用想太多。而且我正好可以趁這個機會，幫家裡的人買些東西。」

絕對不只是經過，但他說的話應該也是真的，因為聽昌浩說，他非常愛護他的家人。

「那麼……」

彰子重新披上外套，點點頭，跟昌親一起走向市場。

幾乎所有東西都可以在市場買得到。以前，昌浩就在市場買過化妝箱送給彰子。像這一類的用品也有，不過，還是以生活必需品佔最多數。

密密麻麻排列在道路兩旁的蓆子、台子上，擺著各式各樣的商品。

這裡永遠都是朝氣蓬勃，人聲鼎沸。

要是躲在家裡不出門，絕對看不到這樣的景色。

「藤花小姐，妳要買什……」

昌親的話還沒說完，就從遠處傳來了慘叫聲。

兩人驚訝地轉過頭，看到蓆子、竹器工藝品等等都被風吹得滿天飛。

「風……？」

彰子受到驚嚇的低喃，被瞬間掃過的風掩蓋了。

排在一起的蓆子一張張被掀起，放在上面的很多東西都四處飛散。正在買賣東西的人們和路人有的跌倒，有的連翻好幾個觔斗，市場瞬間哀鴻遍野。

《小姐、昌親大人，危險！》

天一緊張地說，昌親點點頭，又看到疾風從道路另一頭吹過來。

他屏氣凝神，仔細觀看。擁有安倍家血緣，又在陰陽寮工作的他，是有靈視能力的陰陽師。雖然不及晴明和昌浩，但看到肉眼看不到的東西的能力，還是遠遠超越一般人。

風中隱藏著某種異形。

「危險！」

在疾風來襲中掩護彰子的昌親，直衣的袖子被風扯破了。

「昌親哥！」

彰子臉色發白大叫，尾音被類似吶喊的聲音所掩蓋了。

「——！」

她反射性地抬頭望向天空。

在幾乎沒有雲朵的萬里晴空中，可以看到瘋狂疾風的流動，裡面有兩個身影。

「那是……」

還來不及確認，兩個身影就揚長而去了。

突然遭遇狂風襲擊的市場，景況慘不忍睹。

昌親檢視過被扯破的直衣袖子，不禁鬆口氣說：

「幸虧只是袖子……」

如果那陣風直撲而來，恐怕一整隻手都會被扯斷。
「妳沒有受傷吧？藤花小姐。」
正專注看著天空的彰子回過神來，點了點頭。
「沒、沒有，我沒事，可是，昌親哥，你……」
「我沒事，只是袖子被扯破了。」昌親反過來催促彰子。「我送妳回家，這應該是異形作亂。飛走的異形，隨時都可能再折回來。」
跟昌親一起走回家的彰子不時轉頭往後看。
到處都是異形殘留下來的氣息。但是，不只這樣。
還有另一個什麼東西摻雜在風裡。

好強的風。
「哇……沙子會吹進眼睛裡……」
昌浩不斷眨著眼睛，站在他肩上的小怪也用兩隻前腳遮住眼睛，拚命揮動耳朵。
「吹進眼睛裡了！好痛、好痛！」
「咦？小怪，你還好吧？回到家後最好用清水洗一洗。」
看到哀哀叫的小怪要用前腳隔著眼皮揉眼睛，昌浩趕緊抓住他說：

「現在揉會傷到眼睛。」

「好痛、好痛，嗚……」

緩緩張開的眼睛露出溼潤的夕陽色眼眸。

這隻怪物大約像大貓或小狗那樣的大小，一般人看不見它，全身覆蓋著純白色的毛。不過，因為漫天風沙，現在看起來有點髒。像從夕陽剪下來的圓圓大眼睛根本擋不住風沙。從剛才它就盡量瞇起了眼睛，沙子還是從縫隙吹了進來。白色額頭上的紅花圖騰也沾染了灰塵。它不停地甩動長長的耳朵和尾巴，撥開風沙。

「真的很痛……」

昌浩把閉著眼睛呻吟的小怪夾在腋下，抓住它的兩隻前腳，快步走回家。

吹個不停的風有愈來愈強的趨勢。漫天飛舞的沙塵，有時甚至會完全遮蔽昌浩的視野。

因為一張開嘴巴就會吃到沙子，所以昌浩不發一語，瞇著眼睛快步前進。

風又颼地呼嘯而過，揚起塵埃，昌浩不由得停下來，閉上眼睛。沙子啪啦啪啦打在臉上、脖子上，身上的衣服也全都是沙子，要是這樣進入屋內，恐怕會把走廊弄得全是沙子。

快到家時，昌浩忽然抬起頭說：

「太陰跟白虎……」

被風纏繞的兩名神將從安倍家飛出來，不知道要去哪裡。

「啊？」

小怪張不開眼睛，只能追逐氣息，把頭轉過去。

「兩個風將在一起，要去哪裡？」

「不知道……」

昌浩轉頭往後看，隱形的六合應該就站在那個位置。果然，六合稍微加強神氣現身了。

「六合，你知道什麼嗎？」

「不知道……」

昌浩必須瞇著眼睛問，回答的六合卻顯得一派輕鬆。

可能是隱形時，再大的風沙都不成問題。既然這樣，小怪現在不是隱形比較好嗎？

就在這樣東想西想中，昌浩鑽過大門，進入了家裡。

進去後，昌浩趕緊關上木拉門以免風沙吹進來，這才喘了一口氣。

「回來了啊？昌浩、小怪。」

一聽到木拉門的聲音，彰子就跑出來迎接了。

看到他們兩人，她張大眼睛大叫：
「啊，全身都是沙子！」
「嗯，對不起，彰子，可以麻煩妳提一桶水來嗎？」
看到被昌浩抱在腋下的小怪，彰子急忙照昌浩的指示去做。
水桶放在泥地上，小怪用桶裡的水啪吵啪吵洗過臉後，眨眨淚汪汪的眼睛，皺起了眉頭說：
「我實在太不小心了，居然會被風整得這麼慘。」
「沙子吹進眼睛裡真的很痛呢！小怪，而且你的眼睛又那麼大，更容易吹進去。變成怪物的模樣，這時候還真不方便。」
「不要把我說成怪物，晴明的孫子！」
「不要叫我孫子！」
昌浩邊反駁，邊拍落沙子，然後當場脫下直衣。不管怎麼拍，穿著直衣走上走廊的話，一定會弄得到處都是沙子。
「昌浩，你最好把身體也擦一擦吧？臉好像很髒呢！」
「咦，是嗎？」
昌浩有些懷疑，彰子把自己衣服的袖子伸向昌浩的臉頰一帶，在昌浩因為被碰觸而瞇起眼睛的那邊臉頰輕輕一抹，說：「你看。」把袖子給昌浩看。

「啊，真的呢！」

「昌浩，這桶給你。」

朱雀打了一桶水來，天一也拿著毛巾站在他旁邊。

「還有小怪，你乾脆去沖水吧？」

小怪瞪了朱雀一眼，回說不用，就逕自走上了走廊。

「對了，太陰跟白虎好像出去了，他們去哪裡？」

朱雀和天一面面相覷，回答的是彰子。

「今天我去了市場……」

「市場?!」

剛擰乾的毛巾從失控大叫的昌浩手中滑落，小怪幫他撿起來。

「拿去。」

「謝、謝謝……不對……妳、妳不會是一個人去吧？」

彰子對瞪大眼睛的昌浩搖搖頭說：

「不是，是跟天一一起去。而且途中遇到昌親哥，他也跟我一起去了市場，結果……」

聽說市場颳起的疾風很可能是異形作亂，昌浩的表情頓時緊張起來。

「是妖怪？」

昌浩低聲確認，彰子有點猶豫地說：

「應該是吧……可是，好像另外還有什麼……」

「另外還有？妳沒看出是什麼？」

彰子默默地點點頭，撿起丟在地上的直衣。沾滿沙子的衣服恐怕要洗過才能再穿了。

「剛才我把這件事告訴了晴明，太陰他們可能就是為了這件事出去的。」

昌浩抬頭問：

「天一，妳都沒發現什麼嗎？」

「我有感覺到彰子小姐說的氣息，但是因為飛行的速度太快，所以……」

天一也沒有看清楚模樣。

「這樣啊……」

昌浩若有所思地環抱雙臂。

陰陽寮的工作結束後，昌浩就跟敏次去了行成府邸。

行成比他們想像中好多了，按著額頭上的繃帶，苦笑著說自己很沒用。看到行成沒事終於放下心來的敏次深深地吐了口氣，彷彿把胸中的空氣統統吐光了，那模樣讓昌浩印象深刻。

藤原敏次這個人，其實很重感情。

襲擊行成牛車的疾風，似乎也有異形的身影。

昌浩低頭說：

「小怪，我也想去看看。」

小怪搖搖尾巴表示同意。

在將近黃昏的天空飛翔的太陰，皺著眉頭轉身對同袍說：

「喂，白虎，你想這奇怪的風是什麼？」

跟她有同樣感覺的白虎也小心翼翼地觀察著周遭。

「好像是妖怪類……跟另一種……」

風中混雜著兩種氣息。

太陰緊繃著臉，棕色的頭髮隨神氣搧動的氣流飄揚。

「很像是妖怪，可是，感覺有點不一樣，勉強說起來……」

風呼呼吹著。

太陰說到一半，忽然停下來觀察周遭。

「在那裡，太陰！」

在白虎所指的地方，有戶人家的屋頂被呼嘯而過的疾風掀起，飛到半空中。慘叫聲和吶喊聲此起彼落，小孩像著火般放聲大哭。

太陰茫然地低喃著：

「那……那是……什麼？」

剛才瞬間看到的身影，是至今以來沒有遇過的妖怪。

白虎也是，在他的知識中不存在這樣的生物。

他們活過漫長的歲月，幾乎所有異形的模樣都在他們大腦裡，這次見到的妖怪卻與那些都不吻合。

「是妖怪沒錯，可是……」

太陰對滿臉疑惑的白虎點點頭，轉過身說：

「無論如何，抓住它就對了！」

牛車嘎噠嘎噠奔馳。

掀開前面簾子探出頭來的昌浩舉起手遮擋眼睛，避開漫天飛揚的沙子。

「啊，看到太陰跟白虎了。」

昌浩指著天空說。小怪坐在他肩上，視線沿著神將前往的方向望過去。
「那就是彰子他們看到的東西？」
「好像是。」
昌浩把身子探出車外，對一邊輪子上的鬼臉說：
「車之輔，往那邊去！」
車輪嘎噠嘎噠作響。車之輔作了回應，只是昌浩聽不懂。
「它說交給它就對了。」
小怪大約翻譯後，就跳上了牛車的車篷。
「小怪，不要被甩出去啦！」
「我才沒那麼笨！」
油腔滑調的小怪盯著天空看。
好強的風，小怪覺得這麼強的風，不太像是妖怪的風。
彰子他們所說的另一個身影，教人擔憂。
飛舞的沙子差點進入眼睛，小怪急忙閉起眼睛。可是即使眯成一條縫，還是很難避開沙子，該怎麼辦呢？
「真的有點麻煩……」

低喃的沉重口吻，不太符合它的外表。

如果維持小怪模樣，眼睛太大，很容易吹進沙子、塵埃，痛得讓人受不了，最好暫時恢復騰蛇原貌。可是若被晴明和勾陣知道了，鐵定會嘲笑它。這種事傳出去實在太丟臉了，再怎麼說它都是十二神將中最兇悍的一個。

愈想愈沮喪的小怪，忽然感覺到不同於妖怪的另一個氣息。

「小怪，你看！」

昌浩在車子裡大叫。

出現在他們眼前的，有神將、妖怪，及另一個身影。

那模樣顯然跟這個國家的妖魔鬼怪都不一樣。

太陰和白虎都見過類似的妖怪。

「很像異邦的妖魔。」

白虎對眉頭深鎖的太陰點點頭，瞄準了妖怪。

暮色蒼茫的天空，對神將們來說一點都不是問題，因為他們的眼睛在晚上也看得跟白天一樣清楚。

身上纏繞著疾風在天空滑翔的妖怪，長得很像大鳥。但是，世上沒有這樣的鳥。

大小跟鶴差不多，全身佈滿像蛇一樣的鱗片，而不是羽毛。張開兩對翅膀在風中穿梭，三對眼睛小心地觀察著四面八方。飛行時，三隻腳彎起來，把長長的尾巴當成舵。

白虎和太陰緊張地對看一眼。異邦妖魔帶來的威脅，至今還烙印在他們心底。

「居然沒把它們徹底殲滅！」

太陰咬住下唇懊惱地說。

盯著妖魔的白虎砰地往她的頭敲下去，毅然決然地說：

「現在把它殲滅就行啦！」

「沒錯，就這麼決定了。」

從太陰全身迸出強烈神氣。

「看招！」

風將太陰對準妖魔，使出最強的招數。

妖魔察覺到直撲而來的龍捲風，伸長脖子搜尋，看到太陰和白虎，三對眼睛閃過銳利的光芒。

類似人聲的嚎叫劃破疾風，在空氣中震盪。妖魔拍振兩對翅膀，躲過了龍捲風。

「你、你休想逃，異邦妖魔！」

太陰接著放出第二道、第三道龍捲風，正想在兩次攻擊之間的空檔施放風刃的白虎，發現突如其來的另一個氣息。
「那是什麼？」
出現在夜色低垂的天空的身影直線滑行，把太陰的龍捲風擊得粉碎。
爆風射向四方，太陰也被自己神氣的反作用力擊中，差點在慘叫中被彈飛出去。是白虎踩穩腳步，好不容易拉住她的手，她才能逃過一劫。
「剛才那是什麼？」
注視著殘餘爆風前方的太陰，忽然聽到洪亮的怒吼聲。
「不要阻礙我！」
白虎和太陰都眨了眨眼睛。
妖魔與風將之間，有個身影岔開雙腳飄浮著，看起來火氣很大。
「那是我的獵物，不准你們出手！」
是個男孩，看起來比昌浩小，大約十歲左右。但是，怎麼看都不像是人類。所以十歲左右的猜測並不正確。雖然不正確，但外型與聲音真的就像小孩子。
十二神將中的風將太陰，外表也是六歲小孩的模樣，但其實已經活過了幾百年。不管晴明或昌浩、白虎是否把她當成小孩子看，不用說，她都是居眾神之末的神明。
而眼前的男孩，也明顯散發出與神將們相同的氣息。

「你是什麼人？」

面對太陰的盤問，男孩怒聲回應：

「都是你們害我沒抓到它！」

沒轉身，只是偏頭往後方怒罵的男孩，咂咂舌就要轉頭離去。前往的方向，就是妖魔消失的天空。

莫名其妙被罵一頓的太陰，就像有東西在腦中噗滋斷裂般火冒三丈。

「開什麼玩笑?!突然跑出來攪局的人明明就是你！還不跟我們道歉?!」

正要離開的男孩停下腳步，緩緩轉過身來，用冷冷的眼神看著他們。

「只能施放那種程度的風，說話還敢這麼囂張。」

太陰瞪大眼睛，眉毛上揚，平靜地說：

「白虎，不要拉住我哦！」

不容分說便迸出神氣的太陰又低聲咒罵著：

「竟敢說我只有那種程度……」

藍紫色的雙眸炯炯發亮。

狂暴的風捲起漩渦，襲向了男孩。

「我這樣的風只有『那種程度』嗎？你倒說說看啊！」

看到太陰憤怒擊出的通天力量，男孩驚訝地張大了眼睛，想躲也躲不開，整個人被捲進漩渦裡，只能眼睜睜看著自己被遠遠拋飛出去。

「唔哇……」

「見識到了吧！」

頭朝下墜落的男孩聽到太陰驕傲自滿的話。

由於衝撞的力道過強，男孩動彈不得，直直往下墜。白虎趕緊追上去，但追不上男孩下墜的速度。

「啐！」

白虎咂咂舌，正要放出風時，看到妖車直直奔向少年可能墜落的地點，白色小怪就坐在車篷上。

「騰蛇！」

才叫這麼一聲，小怪就知道他的意思了，瞬間變回神將原貌。

「車之輔，直直往前衝！」

紅蓮向車速驚人的車之輔下令後，蹲下來降低重心，以免被甩出去。

「咦，紅蓮？」

昌浩發現突如其來的神氣，張大眼睛，抓緊牛車往上看。

「要抓緊哦！昌浩，不然會摔下車！」

聽了他的大聲警告，昌浩弓起肩膀，縮起脖子，這才看到往下墜落的男孩。

全力奔馳的車之輔在男孩的墜落地點緊急煞車。差點被甩出去的昌浩趕緊抓住牛車上的柱子，踩穩雙腳。

就在這時候，一股重物墜落的衝擊力貫穿車體。

車之輔震動一下，發出嘎噠聲響，昌浩擔心地拍拍車壁，然後使勁地爬上車篷。

被紅蓮橫抱在懷裡的男孩虛弱地昏過去了。

他身上的奇裝異服，讓昌浩想起某人的穿著。

「是不是很像朱雀的裝扮？」

昌浩正盯著昏迷不醒的男孩時，太陰和白虎從天而降。

「騰蛇……」

太陰苦惱地躲到白虎背後。紅蓮嘆口氣說：

「喂，這傢伙是誰啊？」

被那雙金色眼睛一瞪，白虎不禁替躲在自己背後的太陰感到憂慮。

「他沒告訴我們，不過……」白虎將視線投注在男孩身上，其他三對視線也不由得跟著他轉移到同一個地方，「看起來像是中國大陸的神仙。」

「這樣啊。」

紅蓮一聽就懂了，昌浩卻滿臉疑問地偏著頭。

「咦？慢著、慢著……」

大陸神仙？什麼意思？

「他好像在追疑似異邦妖魔的異形。」

聽到太陰的補充說明，昌浩眨了眨眼睛。

是跟異邦妖魔窮奇還有它率領的妖怪們同類嗎？

「呃，也就是說……」

這時候，看起來比玄武大一點的男孩發出微弱的呻吟聲。

「跟紅蓮、太陰等神將同樣的存在？」

「不，嚴格說起來，他的存在應該是接近這個國家的高龗神或天照大御神。」

就在昌浩聽了紅蓮的訂正連連點頭時，男孩醒過來了。

「他醒了。」

白虎觀察男孩，發現他還沒完全清醒，視線飄忽不定。但是，當視線越過白虎的肩頭，看到太陰的臉時，男孩就猛然揚起了眉毛。

「妳……！」

他正要跳起來時，突然失去支撐，被重重摔在車篷上。

「你……你幹什麼……」

男孩按住後腦勺，含淚抗議，紅蓮只是冷冷地看著他說：

「先道謝啊！你掉下來可以毫髮無傷，都要感謝我跟車之輔。」

「這很重要嗎？」昌浩覺得訝異。

太陰在他耳邊低聲說：

「不可以這麼說哦！昌浩。」

情緒激動的男孩原本想反駁什麼，但是看到從高處俯視自己的金色雙眼，只好心不甘情不願地乖乖聽話。

「呃，感激不盡。」

「很好。」

紅蓮大概是滿意了，轉眼就變成小怪的模樣。

「你、你是妖怪？」

小怪斜斜站著，瞇起眼睛，對掩不住驚訝的男孩說：

「我不是妖怪。」

「沒錯，你是怪物。」

「對、對，我是怪……我才不是！」
差點贊同昌浩說法的小怪發現不對，立刻堅決否認。
「原來是怪物啊！」
「嗯，對。」
男孩深表同感，昌浩也猛點頭。
「幹嘛對這種事有同感！」
小怪的怒吼完全起不了作用，昌浩與男孩似乎在某些方面很契合。
昌浩蹲下來，配合男孩的視線高度。
「你是大陸的神仙嗎？」
少年點點頭說：
「我是……風伯。」
昌浩在大腦中尋找漢字。
所謂風伯，應該是指風神。
昌浩不由得把視線轉向白虎和太陰。
這兩人也是風將，可以操縱風，乘風飛翔。
「風伯是總稱吧？你叫什麼名字？」

男孩只短短回答了小怪的問題：

「我叫巽二郎，」巽二郎低著頭，用幾乎聽不到的聲音補充說：「不過，還要通過拜官儀式……至於下面的名字，恕我不能明說。」

小怪與白虎面面相覷。

這麼聽起來，巽二郎應該不是男孩的名字，而是地位或職銜的名稱。

他看起來比昌浩小，但是神仙的年齡不能從外表判別，所以年紀說不定已經很大了。

「那麼，巽二郎，你來這個國家做什麼？」

昌浩提出非常理所當然的問題，巽二郎看他一眼，支支吾吾地說：

「在巽二郎的拜官接任儀式中，收伏那隻『酸與』是最後的任務。」

藉由收伏一隻危害人類的妖怪來誇耀自己的能力，是這個儀式的重點。

然而，巽二郎卻沒能收伏那隻最重要的酸與。

「一旦決定目標，就不能改追其他獵物，所以我追逐酸與逃亡的行蹤，一路追到了這個島國。」

昌浩微微舉手發問：

「你說的酸與，就是那隻妖怪吧？渡海而來的妖怪只有那隻嗎？」

「是的……那是我的獵物，請你們不要插手。」

重複這句話的巽二郎，表情跟他說話的語氣不一致，看不出半點霸氣。

昌浩有種奇特的感覺，直盯著他看。

也跟昌浩一樣盯著巽二郎看的小怪甩甩尾巴，偏頭思考，順勢把視線轉移到昌浩身上，不禁眨了一下眼睛。

再看看巽二郎，小怪發現他那種表情很熟悉。

「對不起……」一直沒開口的太陰環抱雙臂，岔開雙腳飄浮在半空中，俯視著巽二郎的眼神很不友善，童稚的臉殺氣騰騰，「那是你家的事，我們沒有義務要配合你。要是丟下那隻妖魔不管，會造成大災難。」太陰鬆開環抱的雙臂，擺出扠腰姿態，環視周遭說：「而且，晴明交代我們要殲滅妖魔，京城裡已經有人受害了，連彰子小姐都遭遇危險，幸虧有昌親大人在場，不然不知道會怎麼樣呢！」

太陰一連串的指責，讓巽二郎滿肚子委屈，他咬住下唇，握緊了拳頭。

但是，他並不打算反駁。

那種神情看起來很熟悉，小怪不由得開口說：

「你是不是常被周遭的人瞧不起，說你實力不夠？」

昌浩驚訝地張大了眼睛。

巽二郎反彈般抬起頭，狠狠瞪著小怪。

「哪……哪有……」

猛然轉過身去背對大家的舉動，證實小怪說的話沒有錯。

「據我看，所謂巽二郎，是風伯的地位之一，人家都說憑你的實力不能接任這個職銜、說你比起上一代的巽二郎怎樣又怎樣、說你讓人無法信賴等等，所以你想奮力一搏，收伏妖魔，沒想到被妖魔逃走，你就拚命追到了這裡。而且，你之外的風伯應該都很優秀，你覺得自己完全不如他們。」口若懸河說得滔滔不絕的小怪停頓一下，喘了口氣，斜眼看著巽二郎。「其實，你根本沒有自信收伏那隻妖魔，對吧？」

巽二郎的表情變得僵硬，看來是被說中了。

昌浩眨著眼睛，終於知道那種奇特的感覺是什麼了。

明知實力不足，卻還是不得不去做。為了得到大家的認同而拚命去做，可是怎麼做都做不好，只是不停地空轉。

那樣子，不就像失去靈視能力時的自己嗎？

「只要收伏酸與就行了嗎？」

昌浩向巽二郎確認，巽二郎僵硬地點了點頭。

「好，」昌浩眉開眼笑地說：「我們幫你。」

小怪也點點頭。

巽二郎懷疑地交互看著兩人。

這時候，有人抗議。

「等等，我反對！」被風纏繞的太陰橫眉怒目地說：「在我們跟這傢伙牽扯不清時，萬一酸與大鬧京城怎麼辦？三条的市場已經被它鬧得天翻地覆，還把行成的牛車撞翻了。」

的確是這樣。

昌浩「嗯」地沉吟著。

「妳說得沒錯，可是被當成半吊子，很讓人懊惱呢！」

「你現在也還是個半吊子啊！」

「少囉唆。」昌浩皺起眉頭，把小怪的話頂回去。「只要大家合作，不就可以盡快解決了？他從其他國家來到這裡很辛苦，而且，我們可以在這裡相識，說不定也是一種緣分。」

太陰狠狠地瞪著巽二郎。

巽二郎滿臉驚訝地看著昌浩。

「啊，這……可是，我不能麻煩你們……」

從驚訝中回過神來的巽二郎支支吾吾地說。

太陰瞇起眼睛，指著巽二郎說：

「看吧！他自己都這麼說了，我們幹嘛幫他？」

這時候，保持沉默的白虎舉起手，制止了太陰。

「太陰，妳為什麼這麼堅決反對呢？理由是什麼？」

太陰憤怒地回答低聲詢問的白虎。

「因為我看他不順眼！」

白虎眨了一下眼睛，輕聲嘆口氣說：

「那是妳個人的情感問題，不能成為不幫巽二郎的理由，休想用一句不順眼就把事情蒙混過去。」

不管白虎怎麼曉以大義，太陰還是不讓步。

「我絕對不要，白虎，憑我跟你，兩三下就可以解決一、兩隻酸與，為什麼要從旁協助那種人立功呢？」

「不必說成這樣吧？真是的，既然妳這麼不願意做，就什麼都不要做，我跟騰蛇、昌浩幫他就行了。」

聽到白虎語帶嘆息的這番話，太陰氣得變臉。

「不行！白虎也不可以幫他！」

「為什麼？我不懂妳為什麼反對。」

「我說不行就不行！除非那個什麼巽二郎向我道歉，否則我絕對不幫忙！」

昌浩和小怪面面相覷，然後問白虎：

「發生過什麼事嗎？」

「巽二郎做了什麼？」

被問的白虎思索著，在記憶中搜尋答案。

看到白虎百思不解的樣子，太陰終於忍不住指著巽二郎說：

「這傢伙說我的風只有『那種程度』，結果被我的風吹走，差點摔死！」

原來是這麼回事啊！

恍然大悟的小怪搖頭嘆息，聳聳肩，原來是因為巽二郎嚴重傷害了她身為風將的自尊。

於是，小怪眨眨眼睛開口了。

「對不起，打斷一下。」

所有視線都投注在小怪身上。

「差不多該下車了吧？我怕車之輔會被我們壓死。」

「啊！」
這時才想起大家身在何處的昌浩，驚慌地張大了眼睛。
他們正待在車之輔的車篷上。
昌浩趕緊跳下來，向浮在車輪中央的鬼臉道歉。
「對不起，車之輔，我們很重吧？」
嘎噠嘎噠搖晃著車體的車之輔，眼神十分溫和。
「它說一點都不重，只怕它的車篷太小，大家聚集在那裡會很擠。」
搖搖晃晃走過來的小怪這麼翻譯後，昌浩才放下心來。
太陰和白虎還是繼續對峙著。
「那麼，如果巽二郎誠心道歉的話，妳就願意出手相助嗎？」
「還是不願意……可是，總比京城的人受到傷害好，而且這也是晴明的命令，只要白虎要我幫忙，我就會幫忙。」
白虎對板著臉勉強讓步的太陰點點頭，轉向了巽二郎。
「她已經這麼說了。」
儘管百般不願意，小孩子外貌的巽二郎還是低下頭說：
「我剛才是有口無心，對不起。」

環抱雙臂的太陰瞇起眼睛，無奈地嘆口氣說：

「以後對第一次見面的人，都不可以說那麼沒禮貌的話。」

「我會謹記在心。」

看到巽二郎乖乖點頭，太陰噗哧一笑說：

「好了，走吧！」

太陰說完就乘著風飛上了天空，巽二郎呆呆地看著她離去。

「……」

昌浩看到巽二郎張口結舌地望著天空，便拍拍他的肩膀，好奇地問：

「巽二郎？你再不走會跟丟哦！」

巽二郎猛然回過神來，急忙追上去。

白虎和小怪都發現他滿臉通紅。

「那麼，我也該走了。對不起，騰蛇，麻煩你向晴明說明事情經過。」

「如果我們比你們先到家的話。」

小怪啪噠啪噠地揮揮前腳，白虎對他笑笑，乘風飛去了。

三人的身影很快就消失在黑夜裡。

昌浩站在車之輔旁邊遙望著天空，小怪沉穩地對他說：

「你是不是在巽二郎身上看到了自己？」

昌浩眨眨眼睛，看看小怪，一把抱起它的白色身體說：

「嗯，想當初，我動不動就要麻煩爺爺和你。」

不管再怎麼有抱負，若能力不足就是做不到，不知道仰賴過小怪多少次。

「風神一定更辛苦，必須一個人承擔所有的事，任勞任怨。」

昌浩搔搔小怪的頭，微微一笑說：

「我有你、六合，以及其他所有人，真的太好了。」

任憑昌浩搔頭的小怪，眼神十分柔和。

一直在昌浩身旁隱形的六合，好像也淡淡地笑了笑。

風吹得特別強。

吹得玄武心中發毛，很怕颼颼強風會不會把屋頂也掀開了。

他是為了觀看狀況而爬上屋頂，沒想到天一和朱雀比他先到，兩人並肩佇立，正注視著南方天際。

飄蕩在遠方的氣息，無疑是同袍的神氣。

「這是太陰操縱的風吧？」

玄武懷疑地問。已經觀察一段時間的天一點點頭說：

「是的，好像在追異形。」

在太陰和白虎的神氣附近，還有另外的氣息，跟天一白天在市場感覺到的氣息一樣。

「啊！異形被擊落了。」

可以感覺到，太陰繞到企圖逃跑的異形前面，全力放出了龍捲風。

沒多久後，玄武發現餘波湧向安倍家周邊，不禁大驚失色。

「不、不好了，天一，快佈下結界……」

話還沒說完，一陣驚人的疾風就飛馳而過。

「唔、哇……」

被朱雀摟進臂彎裡的天一嚇得全身僵硬，輕飄飄的衣服騰空飛揚。

池子裡的水波濤起伏，樹木彎曲相互撞擊，庭院裡的大石頭滾落水池，濺起水花。

緊閉的板窗也被吹得啪噠啪噠作響。

「朱雀，我去看看彰子小姐，她可能很害怕。」

疾風愈吹愈烈，就像颳起了狂風。

光是太陰和白虎的風，應該不會這麼嚴重。

「天貴，妳一個人去太危險了，我帶妳去。」
朱雀摟著心愛的女友，忽然掃視庭院一圈說：
「對了，玄武呢？」
玄武不知何時不見了蹤影。
「咦？啊，朱雀，他在那裡……」
邊舉手擋風，邊掃視庭院的天一，微微張大眼睛指向某個地方。
天一指的是與建築物有段距離的水池，玄武正板著臉漂浮在水面上。水池還風高浪大，玄武在水裡載沉載浮，低聲咒罵：
「可惡……」

第二天，風止天晴。
因為強風沒買到東西的彰子，第二天又出去買東西了。
今天也有天一和朱雀隱形陪著她。由於昨天發生了那種事，所以朱雀主動提出隨行的要求。
快步走到的三条市場已經恢復了原來的蓬勃朝氣，被強風吹得東倒西歪的攤販都重新振作起來了。

京城的人們都很堅強。

「對了，玄武好像一大早就很不高興，他是怎麼了？」

彰子用旁人聽不見的聲音問。隱形的天一和朱雀互看著對方。

《因為……》

說實話恐怕會傷害玄武的自尊心。

看他們支支吾吾欲言又止的樣子，滿心疑問的彰子正要開口追問時，有聲音叫住了她。

「喲，這不是藤花小姐嗎？」

會這麼叫彰子的人只有昨天遇到的昌親，和另外一個人。

彰子回過頭，看到笑咪咪的安倍家長子，鬆了一口氣說：

「成親大哥，好久不見了。」

「妳怎麼會在這裡呢？……看來，不只妳一個人，應該還好吧？」成親隱約察覺到天一和朱雀隱形的神氣，點點頭說：「不過，最近市場不太平靜，最好還是小心一點。等昌浩回來，再讓他陪妳一起來，也不會遭天譴呀！」

彰子慌忙搖著頭說：

「不行！昌浩很忙，不可以讓他為我做這種事。」

說完才想到，成親是陰陽寮的曆博士，不可能不了解昌浩的工作，又慌張地低頭道歉。

「對不起……我……」

「咦？妳為什麼道歉呢？是我不該不經思考就說那種話，忘了吧！」

看到成親笑得那麼開朗，眼神又溫柔，彰子才安下心來。她不希望惹昌浩的哥哥不高興，雖然成親已經結婚離開了安倍家，但還是安倍家的人。

成親和昌親離開家後，還是可以抬頭挺胸地說自己是安倍家的人，彰子有點羨慕他們。

彰子的家人，住在她再也回不去的東三条府。她現在還是把他們當成家人，然而，對家人來說，彰子已經成了中宮，只有父親知道真正的她住在安倍家。

其實，她覺得很孤獨，但從來沒有對任何人說過。除了安倍家，她已經沒有地方可去了。是否有一天，她可以打從心底毫不猶豫地告訴自己，這裡就是自己安身立命的地方呢？

她從來沒有說出這樣的心情，因為她知道昌浩和晴明聽到會難過。

不約而同往前走的兩人一起欣賞著攤子上賣的物品，聊些無關緊要的話。

「藤花小姐，安倍家很小吧？」

突然被問到這種事，彰子張大了眼睛。

「不會啊！怎麼會呢？」

「現在少了我跟昌親，是比較空曠了，可是比起大貴族的宅院，顯然還是小很多。」

彰子不知道成親到底想說什麼，滿臉困惑。

「不過，」成親溫和地瞇起眼睛說：「因為隨時有人在附近，可以看得到人，所以我很喜歡那個家，當然，還有很多看不到的傢伙們。」

他向前一瞥，那裡正站著隱形的神將們。

疑惑地抬頭看著他的彰子，披在身上的衣服是露樹的。成親知道，她現在穿的衣服，幾乎都是露樹年輕時很喜歡的衣服。

他想起母親總是邊細心地整理衣服，邊對他們說：「這些都是我最喜歡、最珍惜的衣服，希望哪天可以留給你們的老婆。」

「希望妳在那裡可以住得習慣。」

彰子激動地說：

「我非常喜歡安倍家。晴明大人和藹可親，吉昌叔叔和露樹阿姨也對我很好，天一、玄武他們都很關心我。而且，小妖們有時候會來陪我玩。我每天都很開心，比在東三条府開心多了。」

頻頻點頭的成親，在心底呵呵竊笑著。

從頭到尾都沒提到昌浩，是故意不提？還是不自覺地遺漏了呢？

「呃，還有……」

看成親沒有任何回應，彰子正要繼續接著說時，有人叫住了成親。

「這不是成親大人嗎？」

成親和彰子同時轉向聲音來源。一個彰子從沒見過的少年驚訝地瞪大眼睛，往成親走過來。

「喲，是陰陽生敏次啊！」

這麼回應的成親，表情立刻從剛才的吊兒郎當變成精明能幹。

彰子聽過陰陽生敏次的名字。

他不是什麼高官，所以不可能見過中宮。但是，即使這樣，也不能讓他看見自己的臉。

「真難得會在這裡遇見您呢！」敏次向成親行禮致意，看看周遭說：「昨天這個市場遭強風侵襲，我覺得可能跟行成大人的牛車被推倒有關係，所以私下來調查……可是，好像是我想太多了。成親大人是來……？」

成親對苦笑的敏次點點頭表示了解，臉上浮現從容不迫的笑容。

「我正要去探望行成兄，所以來看看有沒有什麼東西可以帶去當下酒菜。」

敏次的眼睛亮了起來。

「如果不會打攪各位的話，可以讓我跟您一起去嗎？我占卜後，發現躲在風中的妖孽已經離開京城了，所以我想告訴行成大人這件事。」

「嗯，行成兄聽到後也會比較放心。」

成親用力點著頭，敏次突然注意到躲在他背後的彰子。

投射的目光讓彰子屏住了氣息，完全不敢出聲。

「呃，對不起，請問那位小姐是……」

彰子藏在外衣下的身體變得僵硬，隱形的天一悄悄靠過來，朱雀也握住了背上大刀的刀柄。

「啊，這位是……」成親的視線越過肩膀，瞥了彰子一眼，又轉向敏次，露出開朗到不行的笑容說：「是我小弟未來的妻子，你可不能看到她的臉哦！要不然我會被那小子痛罵。」

敏次張大了眼睛。

「啊……！就是去年底迎進家門的小姐啊？哎呀，這實在太失禮了，請看在我不知情的分上，原諒我吧！」

驚慌失措的敏次趕緊道歉，彰子只是默默地點點頭。

「他們還沒有正式結婚，所以應該稱未婚妻吧……總之，事情就是這樣，希望你不要把這件事說出去。」

聽到成親委婉的叮嚀，敏次用力點著頭說：

「是！請放心，我絕對不會說出去。」

成親滿意地點點頭，轉向彰子說：

「那麼，我先走了，妳一個人不要緊吧？」

彰子默默點著頭，成親假裝不經意地往前看，確認朱雀回應的氣息。

「那麼，未婚妻小姐，妳要小心回家哦！」

敏次又向彰子一鞠躬，才跟成親一起離開。

在人聲鼎沸的市場的嘈雜聲中，彰子吁地喘了口氣。

「啊！嚇死我了。」

沒想到會遇到陰陽生。

「還是趕快買完東西，趕快回家吧！」

成親與敏次說的話，在跨出步伐的彰子心中交互激盪。

未來的妻子、未婚妻。

她的嘴角不由得浮現笑意。

當然，那只是當場替她掩飾所說的話，她卻覺得話中有「希望將來妳可以成為真正的家人」、「妳可以永遠待在安倍家」的意思，一股暖意油然而生。

神將太陰表現得非常激動。

「事情都辦完了，趕快滾回去嘛！」

他們站在安倍家的屋頂上。

宅院四周有結界圍繞著，按理說，外人應該進不來，但是為了向外國的神表示敬意，晴明特別允許巽二郎進入，所以他現在正站在太陰面前。

黎明時才抓到的酸與還被他倒吊著抓在手上。

巽二郎是孩童的外貌，長得不夠高，很難把酸與完全懸空抓起來，所以酸與的身體有一半落在屋頂上。

「呃，那個……」

看到巽二郎支支吾吾的樣子，太陰齜牙咧嘴地說：

「怎麼，你還有話要說嗎?!除了收拾這傢伙外，還有什麼事嗎?!」

「沒、沒有。」

「那是怎樣?!」

太陰並不是一開始就這麼兇，而是抓著酸與出現的巽二郎一直在嘴巴裡嘀嘀咕咕說著什麼，說得含糊不清、不得要領，太陰實在不知道他要做什麼，語氣才會愈來愈不好，變成現在這樣的場面。

雙手扠腰、岔開雙腿站著的太陰身後，是準備看好戲的白虎和勾陣。

在這兩位觀眾的注視下，巽二郎更說不出話來了。兩人心知肚明，卻覺得沒有必要離場，因為看他那樣子，即使沒有人在場，還是會說得吞吞吐吐，惹得太陰一肚子火。

「有話要說就說啊！」

「呃，老實說，這個……」

終於下定決心的巽二郎，把手上的酸與推向太陰。

鳥妖的腳突然被推到眼前，太陰稍微往後仰說：「幹嘛？」

搞不懂巽二郎的意思。

看到太陰疑惑地皺起眉頭，巽二郎慌忙解釋說：

「在儀式中捕捉到的妖怪，必須保管一輩子，因為那是成長獨立的證明，是一種驕傲、一種榮譽，一輩子只有這麼一次。」

「既然這樣，你趕快回去，把它鎖在倉庫、櫥子或箱子裡，不就得了嗎？」

太陰說得沒錯。

「唔……的確是這樣，可是……」

還拖拖拉拉想說什麼的巽二郎，不乾不脆的態度真的惹火了太陰。

「不要再說了——」

神氣迸射出來，像颱風般往上席捲。

「咦？」

太陰的狂風包住巽二郎，把他高高推上了天空。

「快給我滾回去——！」

「——……」

被龍捲風吞噬的巽二郎大叫著什麼，但是被風掩蓋了，沒人聽見。

想到瞬間消失不見的異邦風伯的心情，白虎和勾陣不禁同情地嘆著氣。

「不必做到這樣吧？」

勾陣帶著憐憫望向遠方。無可奈何的白虎開口說：

「很難讓那傢伙明白吧？」

「說得也是。」

同袍之間你來我往的對話所指的對象不明，太陰懷疑地看著他們問：

「怎麼了？」

「我們在想巽二郎也真辛苦。」

勾陣的語氣很沉重，太陰也說：「是啊。」眺望著西方天空。

「的確是這樣，他負責的是有職銜的工作，所以要趕快回去完成任務才行。那個國家的神仙不是都住在大陸深處嗎？我想回程一定也很辛苦。」

所以，太陰特地用風把他送回家了。儘管太陰的風被稱為狂風，在速度上還是有一定的評價。

「你要感謝我啊！巽二郎。」

突然有陣風掃過。

「唔哇……」

文件差點被吹走，昌浩慌忙壓住。

「剛才那是太陰的風？」

「簡直就像颱風。」

被吹得搖搖晃晃的小怪甩甩尾巴，板起了臉。

讓人措手不及的疾風掃過的地方，似乎都造成了小小的騷動。想到散落一地的紙張和倒下的書堆都需要人來整理，昌浩就有點小憂鬱。

「那傢伙帶著酸與回去，多少會受到肯定吧？」

「應該會吧！」

神仙中應該有很多個風伯吧！其中，巽二郎擁有職銜，責任應該也相對比較重。昌浩很能理解他不想輸給職銜的沉重壓力而不顧一切向前衝的心情。

「他可以再來玩啊！」

「說得也是。」

只要乘著風來到這裡，回程就可以搭太陰的狂風超快車。

神仙也該有稍微喘口氣的時間。

「昌浩，來這裡幫個忙。」

敏次從裡面出來叫他，他立刻站起來。

「怎麼了？」

「剛才那陣強風，把堆在架子上的書全都吹倒了。」

真是的，如果平常把書排整齊，不就不會這麼容易被吹倒了嗎？

敏次憤慨地抱怨著，昌浩只能猛點頭。站在他肩上的小怪眼神兇狠。它也同意這樣的說法，但就是不能接受這句話出自敏次的嘴巴。

拿它沒轍的昌浩聳聳肩，目光停在從前方走來的人身上。

「行成大人……」

聽到昌浩的低喃，敏次停下了腳步。

行成頭上還纏著繃帶，走到目瞪口呆的敏次和昌浩面前。

「行成大人，您的傷還沒好，怎麼可以出來……」

右大弁兼藏人頭的能幹官員，苦笑著對擔心的敏次說：

「可能的話，我也想在家休養，可是接到緊急召集令，既然是皇上的旨意，我就不能違抗。」

敏次和昌浩都把想說的話吞了回去。

既然是皇上的命令，那就沒話說了，在這個國家，還沒有人敢拒絕當今皇上。

按著額頭、稍微偏著頭的行成像忽然想到什麼似的，看著昌浩說：

「對了，昌浩，昨天我聽成親兄和敏次說……」

「什麼？」

昌浩眨著眼睛問。敏次慌忙介入他和行成中間說：

「行、行成大人，您不是有事嗎？」

看到敏次大驚失色的慌張模樣，行成覺得很好笑，瞇起眼睛說：

「有什麼關係呢？成親兄應該不會跟我計較這種事吧！」

「可是我答應過成親大人，絕對不告訴任何人，我不能食言……」

敏次愈說愈激動，行成拍拍他的肩膀，眨眨一隻眼睛說：

「又不是你說的，所以你沒有食言，而且這件事是成親告訴我的。」

「可是、可是，最好還是……」

聽著他們對話的小怪和昌浩滿腦子問號。

「成親到底說了什麼？」

小怪狐疑地問。昌浩只看了它一眼，因為有其他兩人在，他不能跟小怪說話。

成親是年紀比昌浩大很多的哥哥，結婚後就搬出去了。最近很少見面，他到底是說了什麼呢？

成親的工作地點是陰陽寮的曆部。

昌浩愈想愈不對勁，決定工作結束後去找哥哥。

正在心中這麼盤算時，有人拍了他另一邊的肩膀。

他回過頭，竟然就是大哥成親。

「啊，大哥。」

「喲，小弟，你氣色不錯呢！大哥真為你高興。」

成親又把視線移到小怪身上，露出「你也一樣」的表情，小怪甩了甩耳朵回應他說：

「廢話少說，你到底跟他們說了什麼？」

行成和敏次都聽不到小怪的聲音。成親眨眨眼睛，抿嘴一笑。

看到成親那樣的表情，昌浩就知道不妙了。

「啊，成親大人。」

聽到兄弟倆對話的敏次轉過身來。

「喲，成親兄，謝謝你昨天來看我。」

「哪裡哪裡，也沒帶什麼好禮物去，還真怕反而打攪了你呢！」

從他們的對話，可以知道昨天成親去拜訪了行成。

令人不解的是，怎麼會跟敏次與行成之間的爭執扯上關係呢？

行成壓低嗓門，對滿臉疑惑的昌浩說：

「聽說敏次昨天見到你的未婚妻了？」

「行成大人！」

敏次大驚失色，但已經來不及攔阻了。

昌浩張口結舌地看著行成。

未婚妻？誰是未婚妻？

看到昌浩呆住的樣子，敏次大概是誤會了什麼，慌忙解釋說：

「不是的、不是的，昌浩，我只是湊巧在三条的市場碰到成親大人，那時候你的未婚妻正好在場，所以純粹只是偶然，就只是這樣。」

昌浩和小怪用同樣的表情看著行成和敏次，但是，小怪似乎比較快意會過來。

夕陽色的眼睛猛然張大，狠狠盯著成親。

「成親，他們說的是……」

目光邪惡的成親狡黠地笑著，什麼也沒說。沒否定，就表示肯定。

凍結的思考迴路終於開始轉動的昌浩，臉色逐漸蒼白，然後泛紅。

「呃……這……那……」

想要說的話如排山倒海般湧上來，卻不知道該怎麼說。

「昌浩、昌浩，你放心，我沒有看到她的臉，我可以對天地神明發誓！再怎麼樣，我也不會對自己後輩將來的妻子做出那麼失禮的事！」

這句話簡直是命中要害。

昌浩全身僵硬，小怪從他肩上飛到成親肩上，深深嘆口氣說：

「是你設計好的吧？你這個壞蛋。」

成親瞇起眼睛笑說：
「真沒禮貌，這叫未雨綢繆呢！」
看到成親滿不在乎的樣子，小怪半天說不出話來。
「昌浩、昌浩，你怎麼了？」
「哎呀，發燒了呢！昌浩，你振作點！」
敏次和行成亂成了一團。小怪半瞇起眼睛，甩了甩尾巴。
不愧是以老狐狸聞名的安倍晴明的孫子。
果然是個謀士。
其他人恐怕沒辦法這麼順利達成目的。
「加油啦！晴明的孫子。」
這麼低喃的小怪，靈敏地用前腳按住了額頭。

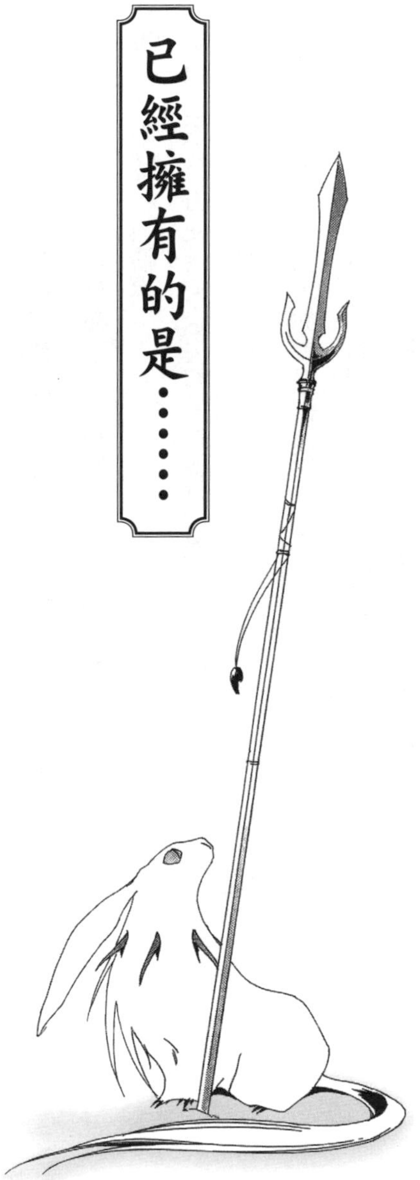
已經擁有的是……

十二神將之一的勾陣帶著無奈與好笑摻半的表情，盤腿坐在長椅上。

她的面前有個朦朧的圓形藍色水鏡，裡面的白色小怪板著臉，一副很不爽的樣子。

雙臂環抱胸前的勾陣嘆口氣，撥開前額的頭髮。

「拜託你不要再囉唆了，我真的沒事了，你要我說幾次才相信？」

「我才不相信妳說的沒事。天一呢？」

「她在女巫那裡，女巫在精神上的耗損，比我的傷勢還嚴重。」

聽到勾陣這麼說，小怪點點頭，好像在說「原來如此」。

然後，又半瞇起眼睛說：

「那妳也不該隨便走來走去啊！身體又還沒完全復元。」

勾陣的嘆息比剛才更深了。

「你知不知道這句話，你說過幾次了？」

小怪哼一聲，挺起胸膛，斜偏著臉，得意洋洋地說：「總計第十次。」

勾陣無力地垂下肩膀，按著額頭說：「原來你都有自覺啊……」

看到勾陣受不了的樣子，小怪奸詐地笑笑，甩了甩尾巴。

「對了……」

勾陣看起來不太想理它，但還是禮貌性地回應。

「什麼事？」
小怪突然轉成深思的表情說：
「那之後怎麼樣了？」
看到小怪牽掛的樣子，勾陣也露出類似的表情。
「嗯……」
把手指按在嘴上沉思的勾陣稍微轉移了視線。
敞開的窗戶外，是廣闊的道反聖域。
水鏡剛好跟窗戶成直角飄浮，所以從水鏡也可以完整看到這片光景。
已經恢復平靜的道反聖域，充滿寧靜的空氣與莊嚴感。
因為偶發事件而長期滯留的昌浩等人都回到了京城，只有勾陣和天一照原訂計畫留下來療養。
還有一個人，雖不在預定計畫內，卻還是留下來了。
勾陣發現水鏡裡的小怪眼神有些複雜，瞇起眼睛笑著說：
「怎麼了？騰蛇，你的表情很沉重呢！」
「別看我這樣……把收拾善後的事統統推給妳，我也覺得很抱歉呢！」
忍不住想笑的勾陣偷偷竊笑起來。

真沒想到騰蛇也會有吐露心聲的一天。

看到勾陣咯咯竊笑，小怪的眼神變得僵滯，一張臉好像吃下了無數個苦瓜，耳朵往後飄揚。

「都怪我說了不該說的話，以後我再也不會說這種話了。」

小怪說起了賭氣的話，勾陣輕輕揮著手安撫它說：

「對不起，我沒有那個意思。」

「那妳是什麼意思？」

「別這樣嘛！」

就在勾陣試著緩和氣氛時，從遠處傳來咚咚巨響。

正透過水鏡對話的小怪和勾陣都張大了眼睛。

勾陣往窗外望過去，驚訝地眨了眨眼睛說：

「剛才那是……」

「什麼聲音啊？」

「不知道。」

偏頭思索的勾陣看樣子是真的不知道，小怪就不再追問她了。

覺得聊得差不多了，小怪聳聳肩，甩甩尾巴說：

「啊，對了，朱雀說很想見天一，幫我轉達給天一。」
「嗯，你也幫我問候昌浩。」
白色尾巴咻咻搖晃幾下代替回應。
水鏡的畫面大大搖曳起來，鏡面很快就被灰藍色的波紋覆蓋了。
這面水鏡是玄武離開時留下來的禮物，多虧有這面水鏡，勾陣和天一才可以跟回到京城的晴明和其他同袍對話，不過，幾乎成了勾陣和小怪的專用品。
有時晴明或天后也會露臉，關心她們一下。昌浩和彰子都有所顧忌，從來沒有出現過。
大概是不好意思那麼做，怕會打攪她們吧！
不過，勾陣也知道，三不五時就來探探情況的小怪，並不是不懂得替他人著想。
小怪從以前就是這樣的性格。昌浩還是嬰兒時，有時會撞上成堆的書，有時會把晴明的符咒玩得破破爛爛，動不動就會製造災難，搞得小怪一顆心七上八下，總是盯著他看。
「很怕視線一離開，他就會做出什麼事來……」
自言自語的勾陣忽然閉上嘴巴，皺起了眉頭。
居然把自己跟嬰兒時期的昌浩相提並論，真的太過分了。

下次一定要向小怪抱怨幾句，勾陣在心中這麼發誓後，想到還是該查清楚剛才的巨響來源，就站了起來。

小怪叫她不要到處亂跑，可是她並沒有說「好」。

恢復平靜的道反聖域，應該不會發生什麼危及生命的事件吧！

而且，儘管還有些虛弱，自己畢竟是十二神將中僅次於騰蛇的鬥將。

這不是她過於自信或自傲，而是不可撼動的事實。

不過，還是要預防萬一。

她拿起床邊檯子上的兩把筆架叉，插入腰帶，走出房間。

這麼做，究竟有什麼意義呢？

神將六合面無表情地思索著。

大蜥蜴、大蜈蚣和大蜘蛛，在右手拿著銀槍的六合面前一字排開，殺氣騰騰地擺開大陣仗。

這裡是聖域的一角，靠近湖岸。

先前出事時，湖水幾乎不見了，但現在又湖水滿溢了。

湖的四周被低矮的草所覆蓋，處處可見裸露的地面。六合原本以為聖域只有女巫和守護妖們，現在才知道還有鳥等小動物棲息。

可能是之前長期被封鎖，直到女巫回來才逐漸恢復了原來的模樣。

只有守護妖們，好像有點寂寞，所以六合也很樂見小動物們慢慢出現，多少可以排遣心情。

在想這些事的六合，依然是面無表情。黃褐色的眼睛有流露些微情感，但是對他不熟的人，很難發現這麼細微的變化。

老實說，六合很煩惱。

不知道自己幾時跟守護妖們結下了深仇大恨。

守護妖們完全不知道他的煩惱，正摩拳擦掌討論著挑戰的順序。

它們是這麼說的——

我們不太清楚十二神將究竟強到什麼程度，現在你來到這裡也算是一種機緣，就讓我們見識一下吧！

如果只是切磋琢磨，六合會毫不猶豫地答應，問題是，守護妖們個個目光如炬，殺氣騰騰。

守護妖們畢竟是守護道反聖域的異形，妖力自然不在話下。以前騰蛇被黃泉的屍鬼附身時，大蜥蜴還曾經跟他打得難分難解，所以它們要是來真的，六合就必須全力迎擊，否則會有生命危險。

好不容易達成協議後，大蜘蛛先站出來了，大蜥蜴和大蜈蚣不甘心地咆哮著往後退。

「我來了，神將！」

蜘蛛發出轟隆巨響，吐出蜘蛛絲。

六合揮舞著披在肩上的深色靈布彈開蜘蛛絲，再用銀槍砍斷。蜘蛛的巨大軀體穿越被刀光映照得銀光閃閃的蜘蛛絲，衝向六合。

「哇啊啊啊啊！」

蜘蛛邊吼叫，邊揮下第一對腳。六合急忙往後退，剛才站的地方在轟隆巨響下被刨出大洞，沙土飛揚。

「啐，真氣人，居然被你閃開了！」

捶胸頓足的大蜘蛛，怒吼聲中帶著如假包換的殺氣。

六合邊閃躲緊鑼密鼓的一連串攻擊，邊認真思考著該怎麼辦。

他也可以選擇不理它們，三十六計走為上策，可是如果這麼做，恐怕再也進不了聖域。

進不了聖域是沒什麼關係，問題在於見不到某人。

最煩人的是，他知道守護妖們是在洩憤，也不是無法理解它們的心情。

轟隆轟隆巨響響徹聖域的每個角落。

所有攻擊都失敗的大蜘蛛開始顯現疲憊的神色，所以換大蜈蚣上陣。

大蜘蛛的巨大身體上下抖動，吁吁喘著氣，大蜈蚣斜瞄它一眼，就開始計算最佳時機，百雙腳步步逼向六合。

大蜈蚣一舉發動攻擊，撲向小心保持一定距離的六合。

放射出來的妖氣形成狂流，襲向了六合。邊以靈布阻擋，邊悄悄移動到大蜈蚣腳邊的六合，跳上正要放射下一道妖氣的大蜈蚣身上。

「咦?!」

身手敏捷的六合以疾風般的速度爬到大蜈蚣頭部，舉起銀槍槍柄敲擊大蜈蚣的雙眼之間。

貫穿頭部的衝擊，讓大蜈蚣呻吟著向一邊傾斜，最後應聲倒地。

在大蜈蚣倒下前便跳開的六合才剛著地，蓄勢待發的蜥蜴就張開血盆大口衝了過來。

「看我的！」

大蜈蚣的凍氣毫不留情地襲向了六合，四散的冰塊劈唏劈唏吸附在他的靈布上。他

甩甩布，抖落那些冰塊，迸射出鬥氣，迎戰第二波的攻擊。

銀光一閃，銀槍刀刃便震盪了大氣。

劈哩劈哩擴散開來的神氣漩渦在湖面掀起波濤。

浪潮高高拍打著湖岸，水花濺到腳邊。

六合改變銀槍刀刃的方向，這樣就不會殺死對方，可以專心攻擊。

以凌厲的氣勢擊碎大蜥蜴的凍氣後，六合一舉縮短距離，用槍柄毆打蜥蜴的脖子。

因衝擊力道引發腦震盪的蜥蜴向旁傾倒，揚起漫天沙土。

接連迎戰三大對手，也是很累人的一件事。

六合邊緩和急促的呼吸，邊收拾銀槍時，重整旗鼓的大蜈蚣與大蜘蛛又來挑戰了。

「不要吧……」

看到六合滿臉為難，蜈蚣大叫說：

「你的實力就只有這樣嗎?!不會吧？分明是故意放水，太瞧不起我們了！」

雖然沒有放水，但的確控制了力道，所以六合沒有答腔。

不這麼做的話，很可能要了它們的命，它們卻一點都不領情。

這下該怎麼辦呢？總不能乖乖說：「是這樣嗎？」然後使出全力迎戰吧？它們可是道反的守護妖呢！

踩穩四腳站起來，甩甩頭甩去暈眩的蜥蜴，也齜牙咧嘴地說：

「你怕了嗎？神將！」

「跟我們堂堂正正地決勝負！」

大步逼近的蜘蛛放聲怒吼，把大氣震得直打哆嗦。

六合倒抽一口氣，正要拿出銀槍時，一陣威嚴的聲音破風而來。

「住手！」

慷慨激昂的守護妖們頓時全身僵硬。它們遲緩地轉頭，看到雙手抓著衣服下襬的風音正走向它們，都張口結舌地嚇出了一身冷汗。

就在六合悄悄鬆口氣收起銀槍的同時，打扮酷似道反女巫的風音也走到了守護妖們面前。

稍後追上來的烏鴉嵬停在蜘蛛腳邊。

蜈蚣和蜘蛛對著嵬低聲咒罵：

「嵬，我們叫你絆住公主，你忘了嗎？」

「虧我們一再叮嚀你，要隱瞞這件事，你在幹什麼……?!」

嵬也小聲抗議說：

「我已經盡力了呀！可是你們又不是不知道，公主太聰明了！」

「所以我們才叫你要想盡辦法瞞住她啊！你卻……」

剛開始雙方都極力壓低嗓門，後來愈說愈激動，聲音也愈來愈大。

「既然這樣，你們幹嘛不自己去拉住她?!我跟那傢伙也有經年累月的仇恨啊！」

「你不過是個小夥子，哪來經年累月的仇恨？一百年後再說吧！」

「小夥子？你說我是小夥子？真是聽不下去了……！」

六合目瞪口呆地看著蜈蚣、蜘蛛和烏鴉的三方舌戰。

他知道它們必須尋找感情的宣洩處，可是沒想到會這樣爆開來。

積壓在心底很不健康，能發洩出來當然最好，可是也不必做到這種程度吧！

風音默默看著守護妖們的唇槍舌劍，好一會後才沉著地對蜥蜴說：

「母親看不到你們，覺得很奇怪，我該怎麼向她解釋這種狀況呢？」

六合眨了眨眼睛。

風音的表情看似平靜，烏黑的眼睛卻情感澎湃，光芒閃爍。

顯然是在生氣。

有所感覺的蜥蜴，被風音的氣勢嚇得往後退縮。

她是道反大神與道反女巫生下的女兒，就是所謂的「半神半人」，只要她認真使出天津神的神氣，很容易就可以鎮住守護妖們。

表情嚴肅的風音輕輕嘆口氣，翩然轉身跑向六合。
「我們走吧！」
不等六合回答，她就拉著六合的手臂往前走了。
她斜瞄守護妖們一眼，臉上清楚寫著「無言的抗議」，眼露兇光。
被風音拉著走的六合只能莫可奈何地嘆著氣，跟隨著她逐漸放慢腳步，然後停在某個地方。
手臂被放開了。
第一次看到她跟女巫一樣，挽起部分頭髮盤結成髮髻。先前見到她時，還是一頭披散的直髮，應該是自己跟守護妖們演練過招時梳起來的。
六合的視線瞥過可能是女巫或天一幫她梳的髮型時，遮住她微微朝下的臉的頭髮忽然被風吹起，六合不禁眨了一下眼睛。
風音轉過身來，臉上浮現難以形容的複雜表情，抬眼注視著比自己高的六合。
「怎麼了？」
六合驚訝地問，風音兩手交握在胸前，生硬地說：
「呃……」
這樣支支吾吾了大半天，她才下定決心似的閉上眼睛說：

「呃……寃它們……真的很對不起！」

六合眨一下眼睛，露出完全理解的表情。

「嗯……」

「我聽到轟隆巨響，想出去看看怎麼回事，寃卻拚命拖住我，我就知道發生了什麼事，趕緊跑出來看，沒想到是……」

風音愈說愈小聲，後面幾乎聽不見了。

「它們竟然去向你挑戰，真的瘋了……」

不知道該說什麼而雙手掩面的她，聲音聽起來真的很苦惱，絲毫沒有剛才斥責守護妖時的氣勢。

「對不起，彩輝……」

六合把手放在她低垂的頭上，像對待小女孩般，摸摸她的頭。

這時候，他才稍能體會晴明或騰蛇在沮喪的昌浩頭上摸來摸去的心情。

他們那麼做，是感覺到對方的無助。

「不要放在心上。」

「可是……」

「我一點都不介意。」

風音緩緩抬起頭，露出無法形容的眼神說：

「真的嗎？」

「嗯，放心吧！」

看到六合點頭，風音才安心地放鬆緊繃的肩膀。

自從六合決定留在道反聖域之後，守護妖們的態度就很不友善。

剛開始還若有似無，隨著時間的流逝愈來愈明顯。

不知是敵意、排擠還是鬥志，總之表露無遺。

說得白一點，守護妖們放射出來的四對視線，都閃爍著類似殺氣的光芒。不，應該說就是騰騰殺氣。

勾陣不記得六合做過什麼事，可以把它們惹得這麼生氣。

要說六合做過什麼，不過就是把風音的軀體搶回來，還有盡全力解決了這次的事件。

「不，等等……」

會不會是因為風音從沉睡中醒來，救了生命垂危的六合他們這件事？

後來才聽說，風音在完成淨化前醒來，造成了無可挽回的傷害。

「你跟守護妖們的非仁義之戰結束了？」

六合的臉看起來很臭。

「勾陣，非仁義之戰是什麼意思？」

幸災樂禍的勾陣，走到盤腿坐在長椅上望著正殿中庭的六合身旁。

她嚴重耗損的神氣還沒有完全復元。

本來還想混水摸魚跟著昌浩他們回京城，但是被騰蛇和天一阻擋，不得不留下來。

「它們的說詞只是藉口，恐怕還會一直來找你麻煩，你的耐力將受到考驗，六合。」

「那種程度還能忍受。」

「哦？」

勾陣瞇起了眼睛。六合難得講這麼多話，又接著說：

「不管是宣洩也好、藉口也罷，如果這麼做可以讓它們好過一點，我願意奉陪，總有一天它們會恢復理智吧！」

勾陣眨了眨眼睛。

「你真的那麼想？」

六合沉默了一會，簡單扼要地回說：

「不能說沒有那樣的期望。」

「很聰明的判斷。」

勾陣打從心底讚賞六合的慧眼。

「那麼，風音怎麼樣了？」

寡言的同袍默默移動視線，往女巫房間的方向望去。

為了彌補分散多年的空白時間，女巫和風音有說不完的話。

負責照顧女巫的天一當然聽過她們的談話內容，據天一說，主要話題是風音在怎麼樣的環境中成長。

對風音來說，想必是痛苦的記憶。女巫希望多少可以分擔女兒的痛苦，治療烙印在女兒心中的傷口。

她們正試著找回失去的日子。

「沒辦法……」

聽到勾陣笑著這麼說，六合瞄了她一眼。

烏亮的眼眸中帶著捉弄的笑意。

「要介入分散多年的母女之間，很難吧？六合。」

明明近在咫尺，卻不能陪在她身旁。

六合彷彿聽到這句被勾陣省略的話，不高興地皺起了眉頭。

守護妖們意氣消沉。

長年下落不明的公主終於有了音訊，在最近回到了聖域。然而，卻突然冒出不知道哪根蔥的男人，搶走了公主的心。

教他們怎能不生氣呢?!

氣得肩膀直發抖的守護妖們因為太憤怒了，所以明明知道自己的想法有矛盾，卻假裝不知道。

再怎麼說，十二神將都擁有居眾神之末的神籍，雖然活過的歲月沒有道反大神那麼長，但也是有傳統歷史的神。

不知道哪根蔥的人竟然出身不凡，這點也惹惱了守護妖們。

如果單純只是不知道哪根蔥的人，不管公主怎麼說，都可以把他轟出去，嚴禁他再踏進聖域一步，警告他終生都不准再見到公主。

如果他想抗議，就用武力制裁他。

不過，遺憾的是，守護妖們的功力都比不上他。

「而且，那傢伙太沉默了，又不好親近，完全不知道他在想什麼！」

「公主那麼善良，說不定會以為是自己做錯什麼事，惹他不高興，不斷責備自己。」

「可惡的神將！竟敢這樣攪亂公主的心，簡直膽大妄為！」

「所以，為了我們的尊嚴，一定要教訓那傢伙！」

守護妖們怒氣衝天。

如果六合在場，一定會抱頭苦思，想不通它們為什麼會這麼激動。

這麼鬼吼鬼叫好一會的守護妖們，也有它們的任務。

看守隔開人界的千引磐石的任務是一個月輪一次，現在輪到大蜈蚣。

它唸唸有詞地往千引磐石前進，走到人界那邊。

在磐石前擺好陣勢擋住通路的蜈蚣，瞪著隧道出口。

人類不太會接近道反聖域。偶爾會有血氣方剛的年輕人來試膽量，或是不知道害怕的小孩子踏入隧道，但是，被守護妖們一威嚇，就都嚇得落荒而逃了。

逃回家的人，就會在各自的家鄉到處傳播，說隧道裡有巨大的異形，然後形成「不可以進入隧道」的訓誡，烙印在每個人心中。

現在人們還知道恐懼，萬一哪天忘了呢？

有時大蜈蚣會這麼想。

倘若人們遺忘了對神明和妖魔異形的恐懼，那麼，神明和妖魔異形是不是就會從他們心中消失了？

即使活生生地存在著，但是只要人們認為不存在，說不定就再也看不見了。

神治時代的逐漸遠去，讓大蜈蚣有點失落感。

蜈蚣不由得嘆口氣，突然發現有人降落在隧道出口。

「咦？」

它偏著頭，全身緊繃。

感覺不到妖氣，但不能掉以輕心。

有人絲毫不受黑暗影響，正大步前進，應該不是人類。

一個穿著打扮酷似道反大神的壯年男人，出現在嚴陣以待的蜈蚣面前。

「什麼人……?!」

面對嚴厲的詢問，男人泰然回答：

「去通報道反大神，我來討回祂欠我的人情。」

山之比古神來訪。

接到蜈蚣通報的守護妖們驚訝地把男人帶入聖域。

負責看守的蜈蚣留在千引磐石前，由大蜥蜴帶男人進去。昂首闊步走在蜥蜴後面的比古神，興致勃勃地參觀道反聖域。

看到祂那樣子，蜥蜴轉動長長的脖子說：

「山之比古神啊！祢們不是向來不跟他人或天津神往來嗎？這次來道反聖域做什麼？」

「跟你說也沒用，你只要帶我去見道反大神就好了。」

言下之意就是「不關你的事」。蜥蜴拉下臉來，但是之後就保持沉默，把比古神帶到了坐鎮在聖域最裡面的千引磐石處。

知道比古神來訪的道反大神，以人類模樣現身在千引磐石前。

比古神狂妄大笑，對疑惑的道反大神說：

「好久不見了，道反大神，那之後我們就沒再見過面了。」

「太過遙遠，幾乎想不起來了。」

大神與比古神之間的對話，乍聽之下一片融洽，其實殺氣騰騰。在後面待命的蜥蜴聽得全身發冷。

風音的軀體陷入險境時，道反大神曾求救於比古神們，然而，身為國津神的比古神與身為天津神的道反大神，原本沒有往來。兩者之間高牆聳立，雙方都不會隨便跨越。

道反大神會越過那道牆，完全是為了女兒，這是大神的「深情故事之二」。

兩位神明都岔開雙腿站著，雙臂環抱胸前，展現威勢。

負責帶路的蜥蜴不禁打從心底埋怨同袍，居然讓它獨自留在這麼冰冷的會談場合。

蜥蜴多麼希望比古神趕快切入主題，把要說的話說完。才這麼想，就看到比古神放下環抱的雙臂，指著對方說：

「道反大神，我曾如祢所願，幫了祢大忙，祢應該沒忘記吧？」

「當然記得，我道反大神由衷感激祢。」

「既然這樣，大神，要祢報答我，祢應該不會拒絕吧？」

「當然不會。」

「那麼，」身為國津神的比古神囂張地說：「我要祢把女兒嫁給我。」

道反大神從創世神話時代開始，就坐鎮在黃泉與人界之間的分隔處，獨自阻擋著可怕的黃泉大軍，是勇敢的大神。

如果有人可以撼動這個膽識過人、凡事處變不驚的大神，那麼，那個人應該是頗有兩下子的勇士。

大神有兩個非常心愛的人，沒有任何東西或人可以取代。

一個是從神治時代就陪在祂身旁的妻子道反女巫；一個是近年好不容易才生下的女兒，卻被不肖之徒擄走，失蹤了好一陣子。

比古神竟然想娶這個女兒當妻子。

「很抱歉……」大神十分冷靜地說：「祢可不可以再說一次？」

聽起來很冷靜，但蜥蜴感覺到語調更犀利了。

開始發抖的蜥蜴，真希望有人可以來代替自己。

比古神不知道是不是沒有察覺，又意氣昂揚地重複了一次。

「我要祢把女兒嫁給我。」

然後，比古神放聲大笑，又接著說：

「她的美貌、她的驕傲，都夠資格當神的妻子。」

蜥蜴在比古神後面啪噠啪噠搖著手，心想這種事不用祢說，我們也知道。說真的，不管對方是什麼來歷，蜥蜴都很想立刻把祂轟出聖域，再撒一把鹽驅逐霉氣，學人類那樣大罵一聲：「再也不要來了！」

它沒有採取行動，是因為對方畢竟是救過風音的比古神。

看在這分恩情上，才恭敬且鄭重地招待祂，沒想到這個國津神中的小神竟然得寸進尺，愈說愈過分。

蜥蜴的雙眼怒火中燒。
緘默的道反大神終於開口了。
「我要向祢確認一件事。」
「請說。」
大神凝視著比古神，眼神清澈而冷冽。
「祢應該已經娶妻了吧？還是我記錯了？」
聽到大神出乎意料的話，蜥蜴啞然無言，瞪大了眼睛。
比古神點點頭說：
「沒錯。」

十二神將的天一和勾陣面面相覷，半天說不出話來。
「這……」
「令人想像不到的事，隨時都可能發生。」
突然來訪投下震撼彈的比古神，說改天再來聽答案之後就走了。
那之後，道反大神沒有說過任何話，只是千引磐石周遭的神氣變得特別犀利，從這裡就可以看出滿腔怒火正默默燃燒著。

送比古神到隧道出口的蜈蚣等神一離去，立刻在周邊啪吵啪吵撒上鹽巴，驅逐霉氣。

天一聽到它這麼做，心想這樣好嗎？會破壞土地吧？

她說出來後，勾陣也說的確會破壞，但是當時哪顧得了那麼多呢？

道反女巫十分震驚，愁眉苦臉了好一會，忽然想到什麼，就躲進聖殿不出來了。

蜘蛛和嵬從蜥蜴那裡聽說後，氣得七竅生煙。

「那個比古神實在太過分了！明明是有婦之夫，還妄想我們家的寶貝公主，幹嘛這樣欺負人嘛！」

「不過是個比古神，也敢說要娶公主，即使天津神答應，我也絕不答應！」

啪吵啪吵拍著翅膀還連連嘆息的烏鴉，和揮舞著一對手、氣得全身顫抖的蜘蛛，從剛才憤慨到現在。

勾陣嘆了一口氣。

大神、女巫和守護妖們的反應都在預料之中，不值得大驚小怪，重點是風音本人怎麼想呢？

「喂，天一。」

「什麼事？」身旁的天一偏頭問。

為了不讓守護妖們聽見，勾陣壓低聲音說：

「風音本人怎麼想呢？從剛才就沒看到她……」

天一點點頭，瞥守護妖們一眼，用手半遮著嘴巴，在勾陣耳邊說悄悄話。

「她就……」

把耳朵湊過去的勾陣微微張大了眼睛。

「真的嗎？」

天一對反問的勾陣點點頭。

「我們阻攔過她，但是她說要自己去擺平這件事……」

勾陣按住了額頭。

原來如此，她是有可能那麼做。

因為她具有連神都傾心的傲氣。

所以她會說她不打算接受，要自己去拒絕，也沒什麼好驚訝的。

她就是這樣的女孩，活在謊言裡的那段日子，她也是親自去殺被指為仇人的晴明。

柔和的臉上有著淡淡哀愁的天一，眼角忽然舒展開來。

「天一？」

天一用袖子稍微掩住嘴巴，回答勾陣的疑惑。

「我知道她性情剛烈，不過親眼看到時，還是有點嚇到，她到底有沒有意識到自己是女巫的女兒啊？」

道反女巫幾乎沒有大聲說過話，總是那麼溫和理性，可以說是個嫻靜典雅的女性。

「不過，她們長得真的很像。」

「大概是成長環境的關係吧？要不是有那麼強韌的精神力，說不定她已經熬不下去，死在路邊了。」

天一輕輕點頭，贊同勾陣的說法。

這時候，響起了怒吼聲。

「神將，妳們說的話太失禮了，我可不能假裝沒聽見！」

瘋狂拍打翅膀的嵬，用漆黑的眼睛狠狠瞪著勾陣。

它停在蜘蛛彎折的關節上，舉起一隻翅膀指向勾陣說：

「我一直都陪在公主身旁！不管發生什麼事，我都會保護公主，犧牲生命也在所不惜！」

「說得好，嵬……！」

蜘蛛非常感動，對慷慨激昂的嵬喃喃說著。

然後，蜘蛛讓嵬繼續停在腳上，走向千引磐石。

「既然這樣，就把你的決心化為實際行動吧！跟比古神來場你死我活的對打，砍下祂的頭！」

「什麼?!」

蜘蛛接著又對大吃一驚的烏鴉說：

「現在正可以展現你的決心！要你為公主付出生命，你也願意吧?!」

烏鴉差點站不穩摔下來。

「我當然願意！可是、但是，為什麼要貿然跑去打到你死我活呢？」

勾陣點點頭，覺得烏鴉說得有理。

比古神跟守護妖烏鴉對陣，想也知道烏鴉會大敗，根本就是去送死。

「大可發動突擊嘛！只要能稍微報復一下，就該偷笑了……」

把手指按在嘴上的勾陣做出冷靜的分析，天一也露出贊同的眼神。

「你怕什麼?!如果你為公主戰死，慈悲為懷的道反大神會再給你生命，所以，嵬，你不用想太多！勇敢發動自殺攻擊！」

「等等，你去打的話，不用打到你死我活，就可以取得全面勝利吧？我雖然不甘心，但論體格、論妖氣，我的確都遠不如你吧？」

蜘蛛咳聲嘆氣地說：

「我如果發生什麼意外，善良的公主一定會傷心到不行，我不想看到愁眉苦臉的公主。」

聽到蜘蛛這麼說，烏鴉氣得橫眉豎眼。

「那我也一樣啊——！」

勾陣看著嵬和蜘蛛鬼吼鬼叫，難以置信地瞇起了眼睛。

烏鴉憤怒大吼的模樣還滿好笑的。

比起逞口舌之快的守護妖們，自己衝出去的風音表現得乾脆多了。

看樣子，守護妖們的舌戰是不會結束了，勾陣懶得理它們，轉頭說：

「我知道風音去哪裡了，那六合呢？」

「風音衝出去後，六合才聽說這件事，也追出去了。」天一又補充說：「所以，不用替風音擔心。」

「沒錯，既然這樣就不必擔心風音了。」

聽說跌落大蛇的毒血裡時，六合也不曾放開過風音。

對如此堅定的意志來說，一、兩個突然冒出來的比古神，不過是小小的考驗而已。

問題是……

勾陣憂慮地看著守護妖們。

「最大難關應該是這幾隻守護妖，還有那傢伙吧……」
想到同袍的用心良苦，勾陣不禁同情起他將來必須面對的艱難辛苦。

在涼風吹拂的出雲山中失去蹤影的風音，到達簸川河岸，霸氣地掃視周邊。
河流平靜無波，反射照耀的陽光，水面閃閃發亮。
原本以為會徹底滅絕的草木也恢復了活力，嬌嫩欲滴，欣欣向榮。
風音身上不是在聖域時的太古裝束，而是穿著裸露肩膀和腳的衣服，用鋒芒逼人的眼神搜索著比古神。
「比古神，祢在哪裡?!」
洪亮有力的聲音響徹雲霄。
繚繞的回音被群山吸收，敲打著風音的耳朵。
處處洋溢著清靜的大地之氣。風音還記得不久前被死亡之雨籠罩時的模樣，不禁驚歎大地的自我淨化作用。
當然，山之比古與比古神們也盡了力，但絕不可能只靠祂們。
有個身影出現在小心觀察四周的風音後面。
赫然轉過身的風音，手被比古神一把抓住。面對她狠狠瞪著自己的眼神，比古神滿意地笑了起來。
「道反大神的女兒，妳叫什麼名字？」
「跟我話不投機的人，沒資格知道我的名字！」
風音甩開比古神的手，拔起插在腰間的劍。
她拿著劍，對驚訝的比古神宣示：
「我不是物品，就算祢對我父親有恩，也沒道理要我嫁給祢，而且，我也不打算嫁給祢。」
比古神雙臂環抱胸前，默默聽著風音說的話。
「我很感謝祢救過我，但是，這個跟那個是兩回事。」
「嗯……」
比古神鬆開環抱的雙臂，把手放在腰間的劍柄上，露出老謀深算的眼神。
「妳這女孩，說話真有意思。」
風音疑惑地皺起眉頭。
「祢說什麼？」
神把劍從刀鞘拔出來，擺出由上往下劈的姿態。
「妳竟敢當面拒絕神的旨意，簡直不知死活。妳是道反大神的女兒，但身上流著一半人類的血，所以妳毫無道理抗拒。」

瞇著眼睛把劍直直指向風音的神，語氣帶著些許憤怒。

「妳為什麼要這麼堅持呢？嫁給我，我會給妳所有妳想要的東西。」

「我沒有想要的東西！」

風音立刻怒吼。神瞄她一眼，笑著說：

「別逞強了，妳再怎麼裝腔作勢也沒用，總有一天會露出馬腳，女人還是坦率一點比較可愛。」

風音怒火中燒。

簡直瞧不起人嘛！不管對方的想法是什麼，這個比古神絲毫都沒有尊重的意思。從一開始，祂就打定了主意，要對方照自己的話去做。

這個只有山之比古祭拜的神傲慢、自大到不行，大概從來沒想過有人會忤逆自己。

「我寧可被祢說不知死活、不可愛，也不想討祢喜歡！」

「那麼，我就讓妳受點教訓。」

比古神嚴厲地說，同時揮下手上的劍。

轉瞬間，劍逼近眼前。沒有殺氣，但是從揮舞而下的劍鋒，可以感覺到十分火爆的氣氛。

風音反射性地擋開劍鋒，橫掃反擊。

只後退一步就閃過攻擊的比古神，遊刃有餘地享受著對打的樂趣。

沒錯，是享受。

風音咬牙切齒，焦慮與煩躁讓她的劍變得遲鈍。

「妳差不多玩夠了吧？」

「祢說什麼?!」

「我說妳鬧夠了！」

神不耐煩地說完後，揮劍掃落了風音的劍，劍鋒比剛才銳利許多。

「糟了！」

風音一時分心，腳被絆住而跌倒在地。

她想馬上站起來，脖子卻被劍尖抵住了。

從容不迫地拿著劍的比古神，大氣也不喘一下。

看到這樣的比古神，風音夾雜著憤怒與懊惱的視線，狠狠射穿了把自己玩弄在手掌心上的男人。

比古神滿不在乎地面對她的視線，笑著說：

「即使沒了武器、跌倒在地，也還是不屈服嗎？我愈來愈有興趣知道，怎麼樣才能讓妳犀利的眼神變得柔和。」

風音緊咬住下唇，比古神正要把手伸向她的下巴時，忽然張大了眼睛。

只見銀色刀光一閃，比古神的劍就被彈飛出去了。

從後退的比古神腳邊掃過的刀刃削去了地面。被砍斷的草飛起來，隨風飄揚，翩翩起舞。

啪吵翻騰的深色靈布，剎那間遮住了風音的視野。她發現自己不經意地鬆了一口氣，趕緊再繃緊神經。

六合沒有回頭，背對著站起來的風音說：

「妳退下。」

「可是……」

六合又對猶豫的風音說：

「退下……不然會被牽連。」

風音眨眨眼睛，乖乖聽話了。

比古神滿臉驚訝地看著她慢慢往後退的樣子。

「喲……真不像性情那麼剛烈的女孩呢！」

拿著銀槍的六合，雙眼的怒火愈燒愈烈。

只看得到他背部的風音，感覺到散發出來的神氣愈來愈犀利。
比古神看出風音臉上的驚慌，挑釁似的說：
「你是十二神將之一吧？我曾經救過你，你怎麼可以這樣對我？」
六合嚴肅地駁回對方高傲的話。
「我很感謝祢救過我，但是，這個跟那個是兩回事。」
比古神低聲笑了起來。
他們兩人居然說了同樣的話，這是什麼樣的巧合呢？
比古神大約可以猜出他們之間的關係，但沒有義務表示尊重。
「我可以給那個女孩任何她想要的東西，你辦得到嗎？」
缺乏表情的臉上帶著幾分厲色。
「……」
六合還來不及開口，就從背後傳來尖銳的叫聲。
「我已經擁有想要的東西了！不需要其他任何東西了！」
即使有人說要把全世界的財富、名譽、地上霸權都送給她，對她來說也毫無價值。
想要的東西具有無法抗拒的魅力，這種魅力卻對風音起不了作用。
「真是個嘴硬的女孩。」

比古神咂咂舌說。六合低聲問祂：

「神啊，祢為什麼想娶她為妻？」

「跟你沒關係。」

「請回答我，說不定我會不惜與祢刀劍相對，就看祢怎麼回答。」

面對根本就是逼問的神將，神不耐煩地說：

「我喜歡她當面向神挑戰的眼神，我已經厭煩了那種乖巧聽話的女人。」

纏繞著六合的空氣瞬間變成深紅色。

「就只因為這樣？」

「還能有什麼原因？」

「既然這樣，」神將六合掄起武器，擺出由上往下砍的姿勢說：「請祢退出，我絕對不會把她交給祢。」

迸射出來的鬥氣將深色靈布搧得騰空飛揚。

目光炯炯地回瞪六合的比古神揚起一邊眉毛說：

「哦……你要怎麼樣讓我退出呢？」

「當然是靠武力。」

銀槍刀鋒反射陽光，閃爍著耀眼的光芒。

一走到豎立在人界與聖域之間的千引磐石處，勾陣就被蜥蜴與蜈蚣散發出來的一觸即發氣氛嚇得有點畏縮了。

現在，那兩隻都光憑目光就可以殺死妖魔鬼怪。

有句話說：「敬鬼神而遠之。」想起這句話的勾陣，聽到守護妖們用非常可怕的語調低聲咒罵著。

「可惡，區區一個比古神，也敢妄想娶我們公主！」

「而且祂都有老婆了，還敢來跟我們討這種人情！」

「實在太不知羞恥了！下次再來，我絕不放過祂！」

如果比古神推翻「改天再來」的說法，現在這個時候來要答案，絕對會有血光之災。

守護妖們已經怒氣攻心，會聯合起來攻擊比古神，搞不好還會採取自殺特別攻擊，用自己的身體去衝撞比古神。

老實說，這樣的臆測一點都不好笑。

想到很可能成為事實，就更不好笑了。

而且……

「保護道反聖域的守護妖的矜持，都到哪兒去了呢？」

勾陣與兩隻守護妖保持一定的距離，思考著這個問題。

再怎麼說，對方都是從神治時代就住在這裡的國津神，可以這樣對祂口出惡言謾罵嗎？

如果昌浩在這裡，會怎麼說呢？

「他那種人八成會說……」

──我可以理解那種心情，但是神會作祟，所以不管對方怎麼不講道理，都不能說那種不經大腦的話。神之所以為神，就是因為這麼不講道理、這麼脫軌、這麼沒有脈絡可循。在這種事上跟神對立也沒用……

「嗯嗯」地低吟沉思後，儘管錯在對方，他一定也會展現達觀的風度，摸索妥協的道路。

就這點來說，昌浩是息事寧人主義者。

寧可追求和平，也不打無意義的戰。

所以不管小妖們怎樣不講道理地把他壓扁，他都不會氣得用靈力收伏它們。

但是，並非所有事都這樣。

如果小妖們同樣壓扁他之外沒有靈視能力的普通人，或使用妖力欺負那些人，昌浩就會當場收伏它們。

昌浩是陰陽師。陰陽師的任務就是保護人們的安全，不受妖魔鬼怪侵害。昌浩從小就被晴明強力灌輸這樣的思想，所以不會做出錯誤的判斷。

「真要判斷錯誤，不只晴明，那傢伙也會破口大罵，而且，他們也不可能把他教成那種不知輕重的人。」

他們是指晴明和騰蛇。

勾陣自知沒怎麼照顧過他，所以把自己排除在外。

「那種有借有還的說法，我聽了就生氣！我看得出來，那個比古神的性格一定是霸道又傲慢，凡事都想靠武力強行達成目的！」

「被你這麼一說，我也覺得祂是那種嘴臉！」

彼此的怒氣產生相乘效果，把氣氛炒得愈來愈火熱。

是不是該想辦法讓它們冷靜下來呢？

迸射出來的通天力量可以輕易將這兩隻彈飛出去，問題是不能保證它們可以毫髮無傷。

如果是晴明，就會使用適當的法術，讓它們保持適度的沉默。

這種時候沒有陰陽師在場，真的很遺憾。陰陽師不只會收伏妖魔鬼怪，還會使用適合各種用途的法術，所以才會受到重用。

「神將六合比祂清廉高潔多了，為了公主，他連命都可以不要，光是這樣的覺悟就比祂好太多了！」

「……」

勾陣沉默地思考著。

以標準來說，那已經可以列入「高尚」的層次了吧？

「沒錯！但是，萬一天地逆轉、太陽從西邊升起、夏天之後是春天，那傢伙對公主有了二心，我就……！」

蜈蚣炯炯有神的眼睛閃露兇光，蜥蜴的雙眼也像火焰般熊熊燃燒。

「到時候，我就立刻砍了他的頭，把他碎屍萬段，剁得血肉模糊，再丟進簸川裡！」

「覺悟吧！神將六合！」

不知道為什麼，那股怒火還延燒到六合身上。

勾陣遙望著隧道出口，喃喃自語地說：

「太好了，六合，你從『不知道哪根蔥』升級為『好太多』了。」

他本人聽到這種說法，缺乏表情的臉可能會稍微拉長，可是，總算是有進展了，是不是該感謝比古神呢？

大談「萬一」的守護妖們繼續你一言我一語說得嘰哩呱啦，勾陣邊聽，邊思考著。

根本問題是，十二神將死後身體會消失，再以完全不同的人格重生，擁有全新的性情和靈魂。所以就算殺了六合，也無法將他碎屍萬段剁得血肉模糊，守護妖們到底知不知道這件事呢？

「消失不見就不能對他怎麼樣了，守護妖們很可能因此不讓他死，卻又讓他生不如死，太可怕了……」

胡思亂想的勾陣搖頭嘆息，聳起了肩膀。

金屬聲大作，劍從比古神手中飛了出去。

邊旋轉，邊騰空飛出去的劍，就那樣掉進了簸川的清流裡。

沒想到會被打敗的比古神，直盯著自己空盪盪的右手。

銀槍刀刃就架在祂的脖子上。

祂目露兇光地瞪神將一眼，沒好氣地說：

「你竟敢把刀架在國津神的脖子上。」

「只要祢收回剛才的要求，我就收回我的刀。」

又把刀往下按的神將，眼神非常認真。
比古神懊惱地咂咂舌，視線越過六合肩頭，尋找風音的身影。
雙臂環抱胸前的風音，心驚膽戰地看著勝負結果。
她不認為六合會輸，但很難說不會被比古神的劍砍傷。
即使只是擦傷，她也不想看到六合流血。
她還清楚記得，六合為了保護她而縱身跳下簸川，筋疲力盡的蒼白臉龐。
那時貫穿胸膛的衝擊與恐懼，她想忘也忘不了。
被銀槍抵住脖子的比古神開口說：
「道反大神的女兒啊……」
風音沉默地看著祂。
那雙眼睛就跟比古神第一次在河岸見到她時一樣，閃爍著黑曜石般的強烈光芒。祂就是被那雙眼睛吸引了，這絕對是事實。
「我說過我可以給妳任何妳想要的東西，可是妳說妳沒有想要的東西，這句話是真的嗎？」
必須以實話回答神的言靈，謊言終有被揭穿攤在陽光下的一天。
風音吸口氣說：

「如我剛才所說，我沒有想要的東西。」

想要的東西，我已經擁有了。

聽到風音說得如此篤定，比古神仰望著天空說：

「真掃興。」

六合瞪著瞇起眼睛的比古神，目光更加兇惡了。

「祢說掃興？」

比古神露出不屑的笑容，回應六合的低聲咒罵，往後退一步。

「女孩，幫我轉告妳父親，」比古神狂傲地對滿腹狐疑的風音說：「恩情就是恩情，終有一天還是要還的，忘了這樣的精神有損神的名譽，請祂千萬記住。」

「祢說得沒錯。」

道反大神的女兒簡短回應，比古神又問她：

「道反大神的女兒啊，妳叫什麼名字？」

風音橫眉豎目地說：

「祢沒資格知道我的名字！」

看到風音這麼激動，比古神哈哈大笑後就消失了。

「可惡……」

風音不由得握緊了劍柄，六合收起銀槍走向她。
悄悄安下心來的六合，看著她的眼神，就像在撫慰還氣憤難平的她。
六合知道道反大神不會接受比古神的要求，但風音還是有被強行擄走的危險。男神都很傲慢、不講理，會毫不猶豫地使用武力讓對方屈服。
聽到風音氣得往外衝的消息時，沒開玩笑，六合的心真的全涼了。
他知道風音的性情剛烈如火，很希望她多少可以學會分析大局的冷靜。
想到她以前被晴明說得情緒激昂的樣子，六合不禁嘆了口氣。
風音訝異地看著他。
「怎麼了？」
「沒什麼……」
要是現在說出來，恐怕只會火上加油。等她平靜下來，再選擇適當的措詞耐心地說給她聽，會比較有效。
到時候，最好能當作是給她忠告，由第三者提供冷靜的意見，而不是由沉默寡言的自己來說。
現在就有個最好的人選在道反聖域。
這麼下定決心後，六合開口說：

「我們回去吧！守護妖們一定很擔心。」

風音嘟起嘴說：

「它們都太會操心了，仔細想想，最近我都沒離開過聖域呢！」

「因為沒必要出去吧？」

「話是沒錯，可是……」

神將們若是看到這光景，一定會驚歎，沉默寡言的六合竟然變得這麼多話。

忽然，風音嫣然一笑說：

「我喜歡人界的陽光，道反沒有陽光……」

小時候，對她來說，聖域就是世界的全部。被帶離那裡後，她就一直生活在無盡的黑暗中。

正確來說，她是最近才回到了陽光下。

心煩意亂的時候，連陽光都教人厭惡，完全不能融化因寂寞而凍結的情感。

負面情感曾經是她唯一的精神食糧。回想過去，是非常悲哀淒涼的日子。

在耀眼的陽光下瞇起眼睛的風音，還悄悄懷抱著年幼時充斥心中的孤獨。

有樣東西，她真的、真的很想得到。

好幾次，她羨慕地、憧憬地伸出了手，卻每每換來絕望。

風音嘆口氣，微微笑了起來。
那是遙遠的記憶了。
「大家都很擔心，我們回去吧！」
風音轉過身準備離去時，六合突然抓住了她的手。
「咦……？」
黃褐色的深沉眼眸看著驚訝回頭的風音，詢問的語調還是缺乏抑揚頓挫。
「妳以前想要的東西是什麼？」
風音被問得張口結舌。
「不想回答也沒關係。」
六合顧忌地說，同時放開他抓住風音的手。
還沒放開，風音就把另一隻手壓在他手上，笑著說：
「那時候，你已經給了我。」
六合聽不懂她曖昧不清的話，微微瞇起了眼睛。
「彩輝，你的眼睛是朝霞的顏色呢！」
他說過那是他唯一的至寶，沒有人知道。
在陷入後悔與絕望中時，那個名字就像一道光芒，射進了風音瀕死的心。

已經擁有的是……

就在那一剎那，只有她知道的名字、還有滿滿的真情，拯救了她冰凍的心。

微笑的風音說得太抽象，很難理解。

然而，她的眼神看起來很平靜，所以，六合的結論是沒有必要再追問了。

在千引磐石前沉思的勾陣看到應該待在正殿的天一也出來了，訝異地張大了眼睛。

「妳怎麼也來了？」

天一煩惱地托著臉說：「守護妖們已經那樣鬧了很久，恐怕暫時不會停下來。女巫也關在聖殿裡不出來……」

勾陣沮喪地垂下肩膀。

看來，聖域所受到的震撼遠超過想像。

勾陣隨手撥開掉落前額的頭髮，擔憂地說：

「風音與六合一直沒回來……不如我去找他們吧！」

正要跨出腳步時，天一慌忙拉住了勾陣。

「不可以！妳忘了嗎？晴明和騰蛇都叮嚀過妳，要乖乖待在聖域靜養。」

美如天仙的天一拉下臉來，繞到勾陣前面。

「不只晴明和騰蛇，連天空翁和太裳都跟我說過……」

「說過什麼？他們到底說了什麼？」

勾陣愣愣地問。天一豎起右手的食指說：

「天空翁說：『幫我好好盯著那個活蹦亂跳的瘋丫頭。』其他人的說法不同，不過也都大同小異。」

掩住眼睛仰天嘆息的勾陣，臉上的表情就像吃了好幾顆苦瓜。

「那些傢伙……」

難得這樣徹底被打敗的勾陣，從還是吵嚷不休的守護妖們旁邊經過，萬般不情願地回到道反聖域。

＊　＊　＊

晴明在玄武做出來的水鏡前，眼睛眨也不眨地盯著水鏡另一邊的道反女巫。

這樣盯了好一會，發現自己太不禮貌，趕緊道歉說：

「對不起，失禮了……」

女巫微微一笑，搖搖頭說：

「不，千萬別這麼說，晴明。那麼，關於我剛才說的事……」

晴明嗯嗯地低吟沉思著。

「這個嘛……我是沒什麼關係，可是，這樣好嗎？」

女巫用力點著頭，而且用力過度，不太適合她那張柔美的臉。

「嗯，當然好，而且……」好像是想起了什麼，女巫的臉蒙上陰影，「有件事讓我有點擔心，所以才會……」

「這樣啊，那麼，放心交給我吧！」

晴明沉穩地點點頭，女巫這才露出篤定的表情。

站在水鏡前的小怪眉頭深鎖，嘴巴撇成ㄟ字形。

「喂，騰蛇，妳有把我的話轉達給天一吧？」

朱雀經過時向它確認，它只動了動脖子代替回答。

「這樣哦。」

朱雀點點頭就離開了，正好跟往這裡來的昌浩擦身而過。

「喂，小怪，你怎麼了？好像有什麼心事……」

昌浩在小怪前面蹲下來，配合它的視線高度。

「把臉皺成這樣，這裡的皺紋會消不掉哦！」

小怪兩眼直直瞪著他說：
「我怎麼可能會有皺紋！」
昌浩不以為意地笑了起來。
小怪坐下來，對著昌浩舉起前腳說：
「昌浩，我想冒昧地問你一件事。」
「嗯？什麼事？」
「我是說假如哦，假如有神明突然說出沒有脈絡可循、又很脫軌的話……」
「嗯、嗯。」
昌浩盤坐在小怪面前，一副洗耳恭聽的模樣。
「而且完全不講道理，你會怎麼樣？」
「咦，我嗎？」
夕陽色的眼睛對指著自己的昌浩示意沒錯。
昌浩環抱雙臂，嗯地低吟著。
「你是說很突然、沒有脈絡可循、又很脫軌？」
嘟嘟囔囔好一會後，昌浩面有難色地說：
「這個嘛……就算對方再怎麼不講理也沒辦法啊！因為神會作祟。」

「哦、哦。」

「我可以理解那種心情，但是我覺得最好還是不要對神說些不經大腦的話。」

「哦、哦。」

半瞇著眼睛的小怪穿插應和著。

「神之所以為神，就是因為這麼不講道理、這麼脫軌、這麼沒有脈絡可循。在這種事上跟神對立也沒用……喂，小怪，你的表情很奇怪呢！怎麼了？」

「沒、沒什麼……」

昌浩懷疑地看著眼神飄忽的小怪，突然想起還有事要做，就站起來走開了。

──我猜昌浩大概會這麼說……

說完一連串的來龍去脈後，勾陣先這麼起頭，然後猜測昌浩會怎麼說。

當小怪聽到什麼都不知道的昌浩說出跟勾陣一字不差的話時，不禁再次對勾陣的洞察力嘖嘖稱奇。

後記

這是少年陰陽師第二十冊《幽幽玄情》。

陰陽師終於邁入第二十一本了。②

大家好久不見，近來可好？我是結城光流。

篇章與篇章之間的短篇集已經成為慣例。下一本短篇集，應該會再間隔四、五本吧！可能更快，也可能更慢。

現在開始我們的例行公事。

第一名：安倍昌浩。

第二名：十二神將的火將騰蛇，是最強、也最兇悍的一個。

第三名：十二神將的勾陣，是僅次於騰蛇的萬綠叢中一點紅。

接下來是六合、怪物小怪、玄武、真鐵、結城、風音、太裳、青龍、ASAGI、晴明、茂由良、太陰、獨角鬼、鶴公子、越影、朱ranger。

這次，勾陣與六合擠進了紅蓮與小怪之間，昌浩還是一樣遙遙領先，連連敗給小怪，好像是很久以前的事了。就這樣維持下去吧，主角！真鐵的名次，終於在最後的最後提升了。也謝謝大家投票給結城和ASAGI。

關於朱ranger，有人說會搞不清楚的人物絕對是朱ranger，真是這樣嗎？想增進朱ranger相關造詣的人，可以收聽正熱烈播放中的孫電台，或購買販賣中的孫電台ＣＤ。

這次的頁數比較少，所以我們快速前進吧！

〈百鬼夜行蠢動之處〉：

這個故事的主題，是描寫昌浩與敏次、行成與成親這兩對組合。在雜誌連載時，還以昌浩和Tosshi的彩色插圖作為封面。成親與行成之間的好交情，是從《竹姬奇緣》就開始了。

〈幽幽玄情〉：

有人說差不多該換個新鮮的切入點了，所以我寫了以十二神將為主角的短篇第一彈。神將玄武開始了淡淡的初戀，他與汐之間會怎麼樣呢？請大家慢慢看吧！平常的玄武不太會失去冷靜，有機會描寫他心中的驚慌與感情的起伏，真的很有趣。

〈疾如狂風〉：

這應該是以十二神將為主角的短篇第二彈，但是，選出來的人物卻讓故事情節與我的思維背道而馳。招來狂風的野丫頭太陰，心地其實十分善良，所以很有可能做出這種事。加油啦！巽二郎。

〈已經擁有的是……〉：

這應該是以十二神將為主角的短篇第三彈，但是，守護道反聖域的守護妖們好像成了背後主角。它們的個性都很強悍，又全都是「公主至上」主義，所以「六合旦那」以後有苦頭吃了。描寫守護妖們與六合之間的戰鬥，非常有意思。

難得加入了溫馨感人的故事，大家是否覺得第三本短篇集的內容更多采多姿了呢？

要參加人物投票的讀者，請清楚地寫出「投〇〇一票」。就像期待接到各位的感想一樣，我也很期待看到大家投票給誰。今後，請繼續來信告訴我感想。

下次的《少年陰陽師》應該會回到京城，展開新的篇章。

我會來個小小的資料蒐集之旅。

那麼，下一集再見了。

結城光流

小怪的陰陽講座

②結城老師算的第二十冊是指未將外傳《歸天之翼》計算在內，但中文版一律都有算，所以是第二十一集。

出處

〈百鬼夜行蠢動之處〉：出自《The Sneaker》二〇〇五年七月號增刊《The Beans Vol.5》。

〈幽幽玄情〉：出自《The Sneaker》二〇〇六年二月號增刊《The Beans Vol.6》。

〈疾如狂風〉：出自《The Sneaker》二〇〇六年八月號增刊《The Beans Vol.7》。

〈已經擁有的是……〉：出自《The Sneaker》二〇〇七年三月號增刊《The Beans Vol.8》。

少年陰陽師
貳拾貳
無懼之心
数多のおそれをぬぐい去れ

【短篇VS.番外秘話】

捌 夢的鎮魂歌

《少年陰陽師》第一本番外短篇集！

本集是《少年陰陽師》系列靈感的原點！收錄了〈吹散記憶迷霧〉、〈追逐妖車軌跡〉、〈夢的鎮魂歌〉和〈玉帚掃千愁〉四個高潮迭起的短篇故事，充分展現了不同於正傳的極致魅力，每一個故事都出人意料地精采，不容錯過！

拾肆 竹姫綺縁

安倍家三兄弟斬妖除魔最初話！
成長秘辛、結婚花絮首度公開！

藤原道長的兒子鶴公子被妖魔纏身，安倍家三兄弟奉命保護他，沒想到鶴公子和姊姊彰子完全不一樣，是個超級任性的大少爺……時間推回到十年前，人稱「竹取公主」的藤原家族千金對安倍成親一見鐘情，兩人甜甜蜜蜜的結婚花絮大公開！

拾玖 歸天之翼

「異邦的妖影」現身京城！而人類的命運，
全指望這個13歲的菜鳥陰陽師？

大陰陽師安倍晴明的接班人，如今還是陰陽寮裡最基層的直丁，勤快工作的樣子，完全看不出來才剛剛經歷過與異邦大妖魔「窮奇」的生死決戰！然而，正當他以為可以安心時，竟然又見到了應該已死於「降魔劍」的窮奇和它的手下！不同的是，這個窮奇全身漆黑，所擁有的妖力甚至比過去更強、更深不可測…………

驚濤駭浪【風音篇】

肆 災禍之鎖

全系列熱賣衝破400萬冊！

在與異邦大妖魔窮奇的決戰之後，昌浩重回當個菜鳥陰陽師的日子。可是他卻被同僚排擠，吃足了苦頭。就在這個時候，藤原行成大人突然被怨靈糾纏，命在旦夕，而晴明的占卜中更出現了詭譎的黑影——原來，怨靈的背後有一個靈力強大的神秘術士在操弄這一切……

伍 雪花之夢

十年前企圖殺害昌浩的神秘主謀再度現身！

自從異邦的妖影被消滅之後便未再現身的高龗神，某日卻無預警地再次附身在昌浩身上，離去前還留下了一句話：「最近恐怕又會有事發生……」被高龗神附身的事，昌浩毫不知情，他更煩惱的是自己消滅了怨靈後，開始每晚做惡夢，夢中有個陰森的東西纏住了他！……

陸 黃泉之風

風音的身世之謎終於揭曉！

被六合救回一命的風音，完全不知道自己差點被宗主害死。為了幫助他開啟「黃泉之門」，風音在京城各處打通了許多連接黃泉的瘴穴。混濁的瘴氣不但讓妖怪變成了噬人怪物，從中吹出的黃泉之風更遮蔽了代表帝王的北極星，凡是與皇室有關的人都被下了死亡的詛咒……

柒 火焰之刃

該殺了紅蓮，解放他的靈魂？還是什麼也不做，眼睜睜看著他被瘴氣所吞噬？！昌浩做出了第三種選擇……

在宗主的指使之下，風音用縛魂術控制了紅蓮的心神，使他完全陷入瘋狂，甚至想要殺了昌浩！原來，宗主的真正目的是要得到紅蓮，利用他的血破除神明封印，然後率領黃泉大軍一舉入侵人間！為了再一次阻止宗主，高龗神賜給了昌浩「弒神的力量」……

血脈揭密【天狐篇】

玖 眞紅之空

昌浩雖然被奶奶若菜救回了一命，卻失去了身為陰陽師絕不能少的靈視能力！儘管如此，看不到鬼神的昌浩卻仍然看得見紅蓮變身的小怪，只是小怪的態度非常冷漠——喪失了過往那一段記憶的小怪，甚至連昌浩的名字都忘記了……

拾 光之導引

安倍昌浩和大哥成親、眾神將一起從出雲啟程回平安京，沒想到才剛回京，就面臨了前所未見的衝擊！一向身體硬朗的祖父晴明竟然臥病在床！難道晴明的大限快到了？昌浩一心一意記掛著祖父的安危，卻沒發現在暗處有對鉛灰色的眼睛正冷冷看著這一切……

拾壹 冥夜之帳

為了殺死天狐晶霞，邪惡的天狐凌壽故意攻擊晴明，引誘晶霞現身。還在病中的晴明因此變得更加虛弱，只要再用一次離魂術，他就會死！就在這時，神秘和尚將矛頭指向了昌浩！眼看孫子有了生命危險，晴明顧不得自己的性命，決定再用最後一次的離魂術……

拾貳 羅刹之腕

曾經一度瀕死的晴明總算天命未盡，但卻因為傷勢太重而昏迷不醒，靈魂無法回歸肉身。再這樣下去，他的魂與魄很可能會分離，甚至再也回不來！然而，「離魂術」只有晴明自己才能解除，連法力高強的十二神將都束手無策……

拾叁 虛無之命

在章子內心愈積愈深的怨恨，讓羅刹有機會趁虛而入，將她變成了惡念的化身，更波及了彰子。彰子因此強忍窮奇詛咒的折磨，代替章子進入了皇宮寢殿！而為了陷入昏迷的祖父晴明，昌浩必須趕快找到天狐凌壽，取得天珠以延續晴明的生命……

生死極限【珂神篇】

拾伍　蒼古之魂

大鬧京城的異形羅剎和天狐淩壽被消滅之後，昌浩終於過起了平靜的生活，可是一個不祥的夢兆卻打亂了一切！在黑暗的夢境中，他看見無數詭異的紅色光芒，光芒的背後有火焰熊熊燃起，令他感到毛骨悚然。這真的只是夢嗎？還是陰陽師的預感？……

拾陸　玄妙之絆

自稱是「跟隨這片大地真正王者」的神秘人物真鐵，竊取道反大神之女風音的遺體，植入了自己的靈魂，任意操縱風音強大的靈力，連最強的鬥將紅蓮也敵不過！昌浩遭到真鐵和妖狼的無情攻擊，陷入垂死邊緣，身受重傷的神將們只能眼睜睜看著他被真鐵帶走……

拾柒　眞相之聲

昌浩被真鐵運用風音的靈力殺成了重傷，一度昏死了過去，幸虧遇到了一個叫「比古」的少年把他從鬼門關前救了回來。年紀相仿的兩名少年一見如故，感覺很投合，沒想到，當兩人再次相見時，卻發現彼此是對立的敵人！……

拾捌　嘆息之雨

茂由良死了！珂神比古最忠實的夥伴、最親密的好友茂由良，被神將勾陣的筆架叉殺死了！然而，望著眼前這具僵硬的軀體，珂神卻只是露出冷冷的微笑，還有那冷冷的眼神……不，那不是茂由良最喜歡的珂神——彷彿突然之間，珂神比古變成了另一個人！……

貳拾　無盡之誓

過去的一切，由此開始，未來的一切，也將在此結束——在荒魂為了毀滅這世界而甦醒的山峰下，在九流族充滿不甘心的怨恨中，在多由良、茂由良兄弟相挺的情義中，在刺穿彰子胸口的那把無情刀刃上！……

國家圖書館出版品預行編目資料

少年陰陽師.貳拾壹.幽幽玄情 / 結城光流著；涂愫芸譯. -- 初版. -- 臺北市：皇冠, 2010[民99].9
面;公分. --(皇冠叢書；第4025種 少年陰陽師；21)
譯自：少年陰陽師 思いやれども行くかたもなし
ISBN 978-957-33-2703-5(平裝)

861.57 99015307

皇冠叢書第4025種

少年陰陽師 21

少年陰陽師——

幽幽玄情

少年陰陽師
思いやれども行くかたもなし

作　　者—結城光流
譯　　者—涂愫芸
發 行 人—平雲
出版發行—皇冠文化出版有限公司
台北市敦化北路120巷50號
電話◎02-27168888
郵撥帳號◎15261516號
皇冠出版社(香港)有限公司
香港上環文咸東街50號寶恒商業中心
23樓2301-3室
電話◎2529-1778　傳真◎2527-0904
出版統籌—盧春旭
責任編輯—丁慧瑋
印　　務—林佳燕
校　　對—劉素芬・陳秀雲・丁慧瑋
著作完成日期—2007年
初版一刷日期—2010年9月
初版三刷日期—2013年7月
法律顧問—王惠光律師

讀者服務傳真專線◎02-27150507
電腦編號◎501021
ISBN◎978-957-33-2703-5
Printed in Taiwan
本書特價◎新台幣199元/港幣67元